Surplus/Duplicate

EERL Withdrawn

DATE DUE

GAYLORD   IN U.S.A.

I1042581

ESTE DOMINGO

JOSÉ DONOSO

ESTE DOMINGO

BIBLIOTECA BREVE
EDITORIAL SEIX BARRAL, S. A.
BARCELONA - CARACAS - MÉXICO

ELMER E. RASMUSON LIBRARY
UNIVERSITY OF ALASKA

PQ
8097
D617
E8
1981

Primera edición: 1966
(Santiago de Chile)

Cubierta: △TRIANGLE

Primera edición: 1966
(Santiago de Chile)

Cubierta:

Primera edición
en la Serie del Volador: agosto de 1968
(México, D. F.: Joaquín Mortiz, S.A.)

Primera edición
en Biblioteca Breve: mayo de 1976
Segunda edición: mayo de 1981

© 1965, 1968, 1976 y 1981: José Donoso

Derechos exclusivos de edición
reservados para todos los países de habla española:
© 1976 y 1981: Editorial Seix Barral, S.A.
Tambor del Bruc, 10 - Sant Joan Despí (Barcelona)

ISBN: 84 322 0297 5
Depósito legal: B. 16.454 - 1981

Printed in Spain

PARA
ALBERTO PÉREZ

EN LA REDOMA

EN LA REDOMA

Los "domingos" en la casa de mi abuela comenzaban, en realidad, los sábados, cuando mi padre por fin me hacía subir al auto:

—Listo..., vamos...

Yo andaba rondándolo desde hacía rato. Es decir, no rondándolo precisamente, porque la experiencia me enseñó que esto resultaba contraproducente, sino más bien poniéndome a su disposición en silencio y sin parecer hacerlo: a lo sumo me atrevía a toser junto a la puerta del dormitorio si su siesta con mi madre se prolongaba, o jugaba cerca de ellos en la sala, intentando atrapar la vista de mi padre y mediante una sonrisa arrancarlo de su universo para recordarle que yo existía, que eran las cuatro de la tarde, las cuatro y media, las cinco, hora de llevarme a la casa de mi abuela.

Me metía en el auto y salíamos del centro.

Recuerdo sobre todo los cortos sábados de invierno. A veces ya estaba oscureciendo cuando salíamos de la casa, el cielo lívido como una radiografía de los árboles pelados y de los edificios que dejábamos atrás. Al subir al auto, envuelto en chalecos y bufandas, alcanzaba a sentir el frío en la nariz y en las orejas, y además en la punta de los pulgares, en los hoyos producidos por mi mala costumbre de devorar la lana de mi guante tejido. Mucho antes de llegar a la casa de mi abuela ya había oscurecido completamente. Los focos de los autos penetrando la lluvia se estrellaban como globos navideños en nuestro parabrisas enceguecedor: se acercaban y nos pasaban lentamente. Mi padre disminuía nuestra velocidad esperando que amainara el chubasco. Me pedía que le alcanzara sus cigarrillos, no, ahí no, tonto, el otro botón, en la guantera, y enciende uno frente a la luz roja de un semáforo que nos detiene. Toco el frío con mi pulgar desnudo en el vidrio, donde el punto rojo del semáforo se multiplica en

11

millones de gotas suspendidas; lo reconozco pegado por fuera a ese vidrio que me encierra en esta redoma de tibieza donde se fracturan las luces que borronean lo que hay afuera, y yo aquí, tocando el frío, apenas, en la parte de adentro del vidrio. De pronto, presionada por la brutalidad de mi pulgar, una de las gotas rojas se abre como una arteria desangrándose por el vidrio y yo trato de contener la sangre, de estancarla de alguna manera, y lo miro a él por si me hubiera sorprendido destruyendo..., pero no: pone en movimiento el auto y seguimos en la fila a lo largo del río. El río ruge encerrado en su cajón de piedras como una fiera enjaulada. Las crecidas de este año trajeron devastación y muerte, murmuran los grandes. Sí. Les aseguraré que oí sus rugidos: mis primos boquiabiertos oyéndome rugir como el río que arrastra cadáveres y casas..., sí, sí, yo los vi. Entonces ya no importa que ellos sean cuatro y yo uno. Los sábados a ellos los llevan a la casa de mi abuela por otras calles, desde otra parte de la ciudad, y no pasan cerca del río.

Hasta que doblamos por la calle de mi abuela. Entonces, instantáneamente, lo desconocido y lo confuso se ordenaban. Ni los estragos de las estaciones ni los de la hora podían hacerme extraña esta calle bordeada de acacios, ni confundirla con tantas otras calles casi iguales. Aquí, la inestabilidad de departamentos y calles y casas que yo habitaba con mis padres durante un año o dos y después abandonábamos para mudarnos a barrios distintos, se transformaba en permanencia y solidez, porque mis abuelos siempre habían vivido aquí y nunca se cambiarían. Era la confianza, el orden: un trazado que reconocer como propio, un saber dónde encontrar los objetos, un calzar de dimensiones, un reconocer el significado de los olores, de los colores en este sector del universo que era mío.

Siempre se habló del proyecto municipal de arrancar esos acacios demasiado viejos: escorados como borrachos, amenazaban caer sobre los transeúntes, y el tumulto de sus raíces quebraba el embaldosado de la vereda. Es cierto que con el tiempo alguno de esos árboles cayó: nosotros cinco trepados a la reja de madera o con la cabeza metida en un boquete del cerco de macrocarpas, presenciamos la faena de los obreros que cortaron las ramas y se llevaron a remolque el gigante tumbado. Después parchaban la vereda, plantaban un prunus, un olivillo o cualquier otro efímero árbol de moda que jamás pasaba del estado de varilla porque nadie lo cuidaba. La línea de árboles se fue poniendo cada vez más irregular y más rala.

Pero recuerdo también cuando era sábado y era primavera, las ventanillas del auto abiertas y la camisa de mi padre desabrochada al cuello y el pelo volándole sobre la frente, y yo, con las manos apoyadas sobre la ventanilla como un cachorro, asomaba la cara para beber ese aire nuevo. Me bajo en cuanto el auto se detiene ante el portón. Toco el timbre. Alrededor del primer acacio hay un mantel de flores blancas. Mi padre toca la bocina impaciente. Me hinco sobre el mantel blanco sin que él, distraído encendiendo otro cigarrillo, me riña por ensuciarme. Las flores no parecen flores. Son como cosas, cositas: tan pequeñas, tantas. Un labio extendido y una diminuta lengua dura. Las barro con las manos para acumular un montón cuyo blanco amarillea, y el olor a baldosa caldeada y a polvo sube hasta mis narices por entre las flores dulzonas. Mi montón crece. Queda descubierta una baldosa distinta, rojiza, más suave, una baldosa especial que lleva una inscripción. Como si hubieran enterrado a un duende bajo ella: sí, eso le diría a mi abuela. Deletreo cuidadosamente la inscripción.

—Papá...

—Qué...

Toca la bocina otra vez.

—Aquí dice Roberto Matta, Constructor...

—Él hizo el embaldosado. Primo mío.

—Si sé. Mi tío Roberto.

—No. No ése. Otro.

—Ah...

La Antonia quita la cadena del portón. Desde la ventanilla del auto mi padre me llama para despedirse de mí, pero yo me cuel-

13

go del cogote de la Antonia, besándola, hablándole, riéndome con ella para que mi padre crea que no lo oigo y así no se dé cuenta de que no tengo ganas de despedirme de él, y parte sin insistir, sin darse cuenta de mi enojo. Nunca se da cuenta de nada. Ahora no se dio cuenta de que mi interés no fue llamarle la atención sobre el fenómeno de encontrar el nombre de mi tío Roberto Matta escrito en una baldosa de la calle. No vio que estaba ansioso por demostrarle otra cosa: que yo ya sabía leer, que sin que él ni nadie me enseñara aprendí en los titulares de los diarios, y que sabía muy bien que esa baldosa rojiza no era la lápida de un gnomo sino que decía Roberto Matta, Constructor. A mi abuela, eso sí, yo le contaría que bajo el acacio de la vereda había encontrado una tumba diminuta. Juntos, en el calor de su cama el domingo en la mañana, muy temprano para que mis primos no hubieran acudido aún a meterse también entre las sábanas olorosas de pan tostado del desayuno, mi abuela y yo bordaríamos sobre el asunto de la tumba del duende. Yo le iba a decir eso para picar su curiosidad y hacerla acompañarme a la calle para mostrarle la baldosa y leer: Roberto Matta, Constructor. Ella se alegraría. Se lo diría a mi abuelo y a las sirvientas y me haría leer otras cosas ante ellas para probarles que su orgullo en mí era fundado. Iba a llamar a mi madre por teléfono para comentarlo, enojándose por no habérselo dicho antes. Pero mi madre tampoco sabía. Iba a considerar injustificado el telefonazo de mi abuela: cosas de mi mamá, no se le quita nunca lo alharaquienta. Y mi padre desde el sofá o tendido en la cama leyendo el diario movería la cabeza sin siquiera enterarse de qué le hablaba mi madre..., preocupado de otras cosas. De cosas importantes que salen en el diario que él no sabe que yo ya leo: no se dio cuenta de nada porque estaba apurado para regresar a tiempo y llevar a mi madre al cine.

Pero no importa.

No me importaba porque siempre, aun ya grandulón, cuando usaba pantalones de golf, llegar a la casa de mi abuela era por fin quebrar la redoma sin que fuera delito, era por fin fluir, de-

14

rramarme. Y entraba corriendo por los senderos del jardín gritando abuela, abuela...

—Salió. Ya va a llegar.

Yo iba ansioso de mostrar mis pantalones de golf a mis primos. Sólo Luis, un año mayor que yo, los usaba. Alberto, que tenía mi edad, iba a heredar los de Luis cuando le quedaran chicos, pero seguro que pasarían años porque Luis era lento para crecer pese al aceite de hígado de bacalao, hasta que finalmente Alberto recibiría unos pantalones de golf harapientos. Los míos, en cambio, eran flamantes, estrenados esa semana. La Antonia me alcanzó mientras yo, inclinado bajo el ilang-ilang, estiraba mis medias y fijaba las hebillas de mis pantalones preparándome para una entrada triunfal. Al preguntarle cómo me veía me paré muy tieso para que me examinara. La luz que quedaba era honda como la de un estanque: si yo me movía, si cualquier cosa se movía, los objetos que reposaban dentro de esa luz fluctuarían silenciosamente y sólo después de un instante recobrarían la perfección de sus formas quietas. La Antonia me sonrió y dijo que me veía muy "ueks". Entonces seguimos caminando juntos.

—Te atrasaste.

—Mi papá tuvo que ver a un enfermo.

—Ah...

—¿Llegaron?

—Están en el porch de atrás.

—¿Y la Muñeca?

—Ya te dije que te iba a acusar a tu mamá si le siguen diciendo así a tu abuelito...

—¿Dónde está?

—Esperándote.

—¿Quién?

—La Muñeca...

—Y yo te voy a acusar a mi abuelita por decirle así a tu patrón... Y vas a ver no más lo que te va a pasar, vieja atrevida...

Mi abuelo, encerrado en la pieza del piano, tocaba "El herrero armonioso". Escuchándolo desde el porch mis primos se retorcían de risa. Cuando intenté llamarles la atención sobre mis pantalones me hicieron callar porque estaban jugando al juego de contar los errores de ejecución del abuelo y con cada nota torpe se agarraban la cabeza a dos manos y lloraban de risa: cualquiera de ellos tocaba mejor. Magdalena dejó pasar un buen rato después del final para calmarse antes de ir a avisarle que yo había llegado.

—Apuesto a que no felicitas a la Muñeca...

—Apuesto a que sí...

Cuando mi abuelo salió parpadeando de la pieza del piano miró un buen rato a la Magdalena antes de reconocerla, como si la viera por primera vez. Pequeño y seco, con el traje ridículamente entallado, era un personaje de farsa que en nuestros juegos llamábamos "la Muñeca" porque era muy blanco, muy blanco, como de porcelana envejecida, y teníamos la teoría de que se echaba polvos. Una vez uno de nosotros se quedó vigilando mientras él tocaba el piano, y nos fuimos a registrar su baño tan meticulosamente ordenado en busca de los polvos que no encontramos.

—Debe usar un esmalte...

—...o alguna fórmula mágica.

—Es distinto, debe tomar algo, tiene el cogote igual y no se va a estar esmaltando el cogote...

Marta, que era gorda y cuyas aspiraciones a enflaquecer destruimos cuando cumplió nueve años, se pasaba la vida con un cordel muy apretado en la cintura, jugando a que era la Muñeca y consolándose con la idea de que por lo menos heredaría su cintura.

—Qué bien tocó hoy, Tata...

—No sé...

—Sobre todo esa parte...

—Ligero, sí, pero Cortot lo toca así.

Seguía parpadeando, mirándola.

—Ya estamos todos, Tata.

—¿Por qué no entran al escritorio, entonces, a acompañarme un ratito?

Todos los sábados, al llegar, pasábamos por esta estricta ceremonia: un estirado ritual, siempre idéntico, suplantaba la relación que mi abuelo era incapaz de tener con nosotros. Sólo después de someternos a ella quedábamos libres. Nos convocaba a su escritorio y nos ofrecía, como para romper el hielo, unos alfeñiques deliciosos hechos en casa, que guardaba en un tarro de té Mazawatte. Charlaba con nosotros durante diez minutos. Después ya casi no nos miraba y jamás nos dirigía la palabra, ni siquiera para reñirnos. Pasaba poco tiempo en casa, y allí, siempre encerrado en su escritorio jugando interminables partidas de ajedrez con un adversario fantasmal que era él mismo.

Los domingos, en los historiados almuerzos familiares donde comíamos las famosas empanadas de la Violeta, ocupaba la cabecera de la mesa, más allá de nuestros padres y de algún pariente invitado, siempre silencioso en medio de las discusiones y los chismes, consumiendo alimentos desabridos y sin color que no dañaban su estómago. Como postre sólo comía unas gelatinas blanquizcas en forma de estrella: siempre las mismas, durante todos los domingos de mi infancia. Allá al otro extremo de la mesa dominical, llena de primos y tíos y visitas, el rostro de mi abuelo, oscuro contra la luz de la ventana a que da la espalda, ingiere esas estrellas translúcidas y tiritonas que reúnen toda la luz. Y yo, al otro extremo de la mesa, lloro y pataleo porque no quiero melón ni sandía ni huesillos ni bavarois, quiero estrella, Nana, quiero estrella, dígale al abuelo que me dé estrella, quiero y quiero y quiero, y lanzo la cuchara al centro de la mesa y mi madre se para y viene a castigarme porque soy malo..., no, no malo, consentido porque es hijo único..., cómo no, tan chico y tan irrespetuoso, es el colmo. No, no. El no de mi abuela es persuasivo y absolvente: no, que le traigan una estrella al niño para que no llore, para qué tanto boche, qué cuesta por Dios. Y ella misma, con una cuchara, corta un cacho de la estrella y me lo pone en la boca..., lo saboreo con las lágrimas todavía en las pestañas y es malo, no tiene gusto a estrella, y lo escupo sobre mi servilleta bordada de patitos, y entonces sí que me sacan chillando del comedor y me castigan por malo y mi madre y mi padre y mis primos y las visitas siguen almorzando en torno a la larga mesa, comentando lo malo que soy, escuchando mis chillidos que se pierden en el interior de la casa.

Pero los alfeñiques de mi abuelo sí que eran sabrosos. Sentado en el fondo de su sillón colorado, con una rodilla filuda cruzada encima de la otra, nos pregunta a cada uno cómo nos ha ido en el colegio, los decimales no hay quién los entienda, y los quebrados, Luis tiene mala nota en quebrados, sobre todo en división, que es difícil. Su pregunta, mi respuesta, su pregunta, otra respuesta, otra pregunta, más respuestas, interrogatorio, no conversación, como si fuéramos imbéciles, incapaces de mantener una charla durante diez minutos, hasta que después, mucho después, nos dimos cuenta de que la Muñeca era bastante sorda ya en esa época, y por eso interrogaba y no charlaba. A veces nos divertíamos escondiéndonos detrás de la cortina de la pieza del piano para verlo tocar: ahogados de la risa lo oíamos comenzar y recomenzar "El herrero armonioso" diez y veinte veces, la cabeza inclinada sobre el teclado hacia el lado del oído que aún oía algo. Al final de los almuerzos del domingo, declarando que aprovechaba que todos los comensales eran de confianza, se levantaba de la mesa antes que los demás termináramos nuestro menú tanto más complicado y con un ritmo tan distinto al suyo, para ir a encerrarse en su escritorio y buscar la ópera dominical en la radio. La ponía muy fuerte, atronando la casa entera, y él, lo espiábamos por entre los visillos de su ventana, se inclinaba sobre la radio y pegaba su oído tratando de oír algo.

Cuando éramos muy chicos temblábamos ante su forma de mirarnos durante los interrogatorios de los sábados: los cinco en fila ante él, de mayor a menor, respondiendo a sus preguntas. Recuerdo su mirada. Era como si no enfocara los ojos. La Antonia declaraba que mi abuelo miraba así porque era un santo. Pero no tardamos en ver que no enfocaba su vista simplemente *porque no nos miraba a nosotros mientras nos agobiaba con sus preguntas. Llegamos a darnos cuenta de que escudriñaba su propio reflejo en los cristales de sus armarios de libros, arreglándose innecesariamente el nudo de la corbata, pasándose la mano sobre el cuidadoso peinado que parecía pintado sobre su cabeza, vigilando y tironeando su chaleco de modo que no hiciera ni una sola arruga, como si en esos cristales fuera a encontrar una imagen perfecta de sí mismo destacada sobre el crepúsculo riquísimo de los empastes. No oía nuestras respuestas en parte por su sordera, pero más porque no estaba preocupado de eso. Y cuando fuimos percibiendo que no le interesábamos absolutamente nada pudimos descongelarnos, haciendo descubrimientos que nos divertían: bajo sus pantalones planchados como cuchillos colgaban unos cordones blancos, completamente ridículos, con los que ataba a sus canillas los calzoncillos largos que nunca, ni en el verano más tórrido, dejaban de proteger la fragilidad de su cuerpo.*

Han tenido que pasar muchos años para que el absurdo de esos cordones blancos retroceda desde el primer plano de importancia. Pienso en el egoísmo, en la indiferencia de su vida. Pero ahora pienso también en la soledad de su esfuerzo por impedir que sus dedos enredaran hasta lo irreconocible las notas de la pieza más simple. Pienso en su vanidad, en ese terror suyo, mudo, ineficaz, ante la sordera y la vejez que avanzaban. Yo no sé nada de su vida. No sé quién fue. No sé ni siquiera si habrá sido alguien —algo más que ese fantoche que llamábamos la Muñeca. Tal vez ahora, sentado ante mi escritorio, haga este acto de contrición al darme cuenta de que en el momento en que mi abuelo comienza a existir en mi memoria tenía la edad que yo tengo ahora, y su recuerdo nace junto al de su ancianidad y su absurdo. Ahora se me antoja pensar que quizás el abuelo se daba cuenta de que lo encontrábamos ridículo. Que se dejaba los cordones de los calzoncillos colgando intencionalmente, y protegido por la distancia y la irrealidad de la farsa, elegía así no tener ningún contacto con un mundo que no fuera estrictamente adulto, donde las leyes de la jerarquía prevalecieran. No era más que otra forma de liberarse del compromiso que implicaba tener una relación ind·. .idual con nosotros.

Por otro lado, pienso también que nuestra risa era una manera de disfrazar nuestra extrañeza. En mi caso por lo menos, ahora estoy seguro de que eso era. Viéndolo tan pretencioso, tan aislado, tan temeroso, me parecía totalmente imposible cualquier filiación entre ese ser y yo. Alguna vez me cruzó la mente la idea de que llegar a su gran edad implicara un cambio más misterioso y radical que el que yo intuía, una sustitución completa de células, un trocar absoluto de facultades. Pero no. Yo no iba a ser nunca, en nada, como él. Tenía la impresión, muy incierta desde luego, de que mi abuelo no era un animal como yo y mi abuela y mis primos y las sirvientas y nuestros padres, sino que pertenecía a otro reino, tal vez al de los insectos con sus extremidades flacas y sus gestos angulosos, con esa fragilidad y aridez de materia con que estaba construida su persona. No sé cómo decirlo..., la sensación de que si yo me moría me iba a podrir y que los jugos de mi cuerpo me unirían con la tierra: cuando él muriera, en cambio, se secaría, se astillaría, y finalmente el aire aventaría lo que de él quedara como polvo de escombros.

Esta distancia entre mi abuelo y nosotros me enseñó por lo menos una cosa: que yo no era el ser más extraño y equivocado del mundo entero, de lo que la crítica de los grandes me hubiera convencido si no fuera porque él, sin duda, era peor que yo. Yo estaba con los demás, fuera de la redoma. viéndolo nadar adentro, contemplando sus evoluciones, comentando la luz en su espiga de escamas, riéndome con los demás del feo gesto ansioso de su boca al acercarse al vidrio que él no sabía que era vidrio y yo sí, yo sí lo sabía.

Después de unos diez minutos de charla mi abuelo nos despachaba con un suspiro de alivio —no lo oíamos, pero nada nos costaba suponerlo. Y al salir de su escritorio, nosotros, por nuestro lado, lo olvidábamos completamente durante el resto de nuestra permanencia en su casa. Sólo lo recordaríamos cuando alguien nos hiciera callar, porque él no imponía más que esta limitación a nuestro comportamiento: la de moderar nuestra bulla, la de hacerlo todo a media voz para no herir sus frágiles oídos. Luego fuimos creciendo, y tal vez por su imposición nuestros juegos perdieron el ruido antes que los juegos de otros niños, y tuvimos que suplantar el movimiento con la imaginación, y la bulla con la intrepidez de la palabra.

Al principio nuestro cuartel general en la casa de mi abuela era el porch de atrás, en el sofá y los sillones de peluche azul que antes que compraran el juego amarillo a rayas eran del salón. Nos instalaban allí para que quedáramos bajo la vigilancia de las sirvientas que trabajaban en el repostero, ocupadas en moler chuchoca para la cazuela de pava del domingo, o dejando caer bollos hirvientes sobre el mármol de la mesa, que se transformarían en galletas, alfeñiques, melcochas. Los muebles de peluche azul, tan fuera de lugar en ese porch al que entraban la lluvia y el sol, siguieron envejeciendo interminablemente bajo la acción de los elementos, ayudada por nuestros saltos, ablandándose bajo nuestras siestas, sin llegar jamás a romperse del todo. Hasta que un buen día, cuando yo ya era muchachón, los muebles de peluche azul desaparecieron para siempre de su sitio y ni siquiera se nos ocurrió preguntar por ellos porque ahora que éramos grandes pasábamos poco tiempo en el porch de atrás: ya habíamos explorado las posibilidades ilimitadas de la casa de mi abuela, y las del porch, en comparación con las demás, nos parecían insignificantes.

Mi abuela pasaba casi todo el día afuera durante la semana: su población, sus correteos en el autito que manejaba ella misma, sus pobres. Pero el sábado y el domingo los reservaba para nosotros. Nos trepábamos a ella como a un árbol cuando éramos pequeños, exigiéndole cuentos y dulces y caricias y preferencia y regalos, como a una cornucopia inagotable. Más tarde, ya crecidos, no podíamos treparnos a su cuerpo, pero estar en su casa era como seguir pegados a ella físicamente, y la casa, como extensión del cuerpo de mi abuela, configuraba ahora la cornucopia: era como inventada por mi abuela para nuestro deleite. Es cierto que nos prohibían la entrada al escritorio de mi abuelo, y creo que jamás vi su dormitorio, grande y vacío, más que desde la puerta. Al lado había una pequeña alcoba donde dormía mi abuela. Y al frente, los dormitorios de "las niñitas", mi madre y mi tía Meche cuando eran jóvenes, con sus tocadores al laqué blanco con espejos ovalados, y algún retrato de Leslie Howard o Ronald Colman amarilleando sobre el empapelado de flores: dormitorios terriblemente inhabitados pese a que la Magdalena y la Marta ocupaban uno cada una cuando dormíamos en la casa de mi abuela los sábados. Todo esto y la sala y el escritorio y la pieza del piano y el repostero y las despensas y la cocina quedaban en planta baja. Arriba no había más que un cuarto, inmenso, con balcón, que servía para guardar baúles, y donde mis primos y yo dormíamos los sábados. La casa estaba llena de armarios y de alacenas y subterráneos, de puertas falsas ocultas por cortinas o condenadas con una tranca de palo que era facilísimo desclavar, de maletas cubiertas con etiquetas fabulosas y baúles nominalmente prohibidos que abríamos con una horquilla retorcida para disfrazarnos con sus contenidos, de posibilidades de que otras sombras se desprendieran de las sombras, y pasos de la oscuridad, y arañas de los techos, y de pronto el deleite de una ventana abierta de par en par sobre el jardín donde la luz amarilleaba entre las hojas. Pero preferíamos los tres maniquíes de trapo blanco descabezados que tenían cada uno el nombre de mi abuela, el de mi madre y el de mi tía Meche, con los que jugábamos al juego del miedo. Y hacinamientos de libros sin pasta o a los que les faltaba un tomo o ediciones innobles o simplemente pasados de moda: Blasco Ibáñez y Bourget y Claude Farrère y Palacio Valdés y Loti y Merezhkovski y Ricardo León y Mary Webb y Maurice Dekobra, olvidados ahora, olvidados quizás ya en esa época y por eso relegados a montones un poco húmedos en los roperos vacíos o detrás de los armarios de los cuartos de diario. En esos libros leímos las primeras cosas prohibidas cuando todos creían que mis primas se extasiaban con la Princesita de los Brezos y nosotros con el Capitán Marryat. Y el hacinamiento de revistas polvorientas que jamás llegó el momento de hacer empastar. Vogue, y La Huasca de cuando mi abuelo iba a las carreras, y el inagotable National Geographic, y los volúmenes rosados y sin ilustraciones de la Revue des Deux Mondes que nos servían de ladrillos en nuestras construcciones de palacios sobre los jardines de la alfombra con medallones casi desvanecidos. Y cajas de sombreros atestados de fotografías de gente que no conocíamos: de vez en cuando mi abuela en una recepción de Embajada o las facciones de mi abuelo comiendo un trozo de pierna de cordero en un picnic increíblemente pretérito. Y la lavandería y el cuarto de costura lleno de mujeres atareadísimas, el olor a plancha, los montones de camisas de mi abuelo blancas y livianas como espuma, tan distintas a las de mi padre, que quedaban como acartonadas. Y la costurera cegatona que nos hacía guardapolvos y para quien dibujábamos zancudos en las paredes que ella nunca terminaba de matar, y un jardinero borracho y fabulador que le tocaba las piernas a la Magdalena cuando nosotros la mandábamos en penitencia por algo, para que después nos contara todo lo que Segundo hizo...

Y en la noche del sábado —la ventana abierta al jardín en el verano, las escamas púrpuras de la buganvilla formando un dragón fascinado que se asomaba al balcón— esperábamos los tres primos, Luis, Alberto y yo, que mi abuelo y mi abuela se quedaran dormidos, y entonces, en silencio, las dos primas, Marta y Magdalena, subían hasta el cuarto del mirador y comenzaban nuestros juegos.

PRIMERA PARTE

ABRE la puerta con cuidado, como si temiera encontrar algo peligroso que no dejó en su escritorio al salir cinco minutos antes. Es porque no quiere derramar el agua de la teterita que fue a buscar al repostero. ¿No la habrá llenado demasiado? Con el pie arrincona la estufa eléctrica contra el radiador de la calefacción central, que ya no se usa porque no vale la pena el gasto de calentar un caserón entero sólo para él y la Chepa. Claro que esta calefacción eléctrica seca el aire. Pero solucionó el problema comprando la teterita, que colocada encima de las tres paralelas incandescentes hervirá poco a poco, hasta que el vapor vaya suavizando el aire, dejándolo a punto para cuando regrese dentro de una hora y media o dos.

Sí. La teterita de fierro esmaltado celeste está demasiado llena. Si la deja así sobre la estufa puede rebasar mientras él está afuera. Necesito algo, ese florero, para deshacerme del dedo de agua que sobra. Una saltadura..., claro, las sirvientas: no se les puede confiar ni una tetera porque todo lo rompen. Es una saltadura negra en la arista inferior, que se extiende también hasta la base, como uno de esos lunares que algunas personas tienen montado sobre el labio y la mejilla. Estoy pensando en alguien, alguien que conozco poco y me desagrada, pero que ha estado aquí en mi casa y que tiene un lunar como la saltadura de la tetera en la arista del labio. Alguien..., quién será: en fin, no importa. Lo que importa es que a veces los nombres se me quedan atascados en los repliegues del cerebro. Lástima no poder darle un golpe como a una máquina para que el nombre caiga.

—Después...

Pero a veces ni siquiera después se acuerda.

Vierte el agua en el florero de vidrio Gallé —están volviendo, están volviendo: sonríe como si esto fuera un triunfo personal suyo. Pone la tetera sobre la estufa pasando su dedo por la aspereza de la saltadura, que su piel reconoce: retira el dedo disgustado.

Le disgusta por ahora. Quizás más tarde tenga miedo. Incluso terror. Más tarde hoy, esa misma tarde. Porque ha decidido hacerlo hoy sin falta. No puede esperar más. Después del almuerzo, en lugar de encerrarse a oír su ópera, llamará a su yerno para que lo acompañe a su dormitorio y ahí se lo mostrará. Se sacará la camisa y la camiseta. Lo tiene allí desde siempre, sobre su tetilla izquierda: jamás lo había notado hasta que empezó a crecer, a oscurecer sobre su piel blanquísima, a ponerse áspero como la saltadura de la tetera que indica que las cosas comienzan a deteriorarse: el principio del fin. Estará muy atento a la expresión y al tono, sobre todo al tono, de su yerno. Lo conoce muy bien, con su aire de superioridad de médico joven. Él le dirá que no, que cómo se le ocurre, que no son más que sus nervios ahora que está jubilado y no tiene nada que hacer, pero que si quiere una biopsia, para quedarse tranquilo... Le tendrán que arrancar un pedacito para examinarlo. Estará alerta: las palabras demasiado rápidas o demasiado lentas o con un énfasis inhabitual o exageradamente afectuosas, o unas palmaditas en la espalda o la ayuda al ponerse la camisa, no se preocupe, don Álvaro, no creo que sea nada, el cáncer muy rara vez se presenta así, póngase la camisa no más, no se vaya a resfriar: cualquier cosa puede delatarlo para iniciar el terror esta misma tarde. Ha estado creciendo. En las tres últimas semanas ha devorado cinco pelos que antes eran libres. Y la aspereza... Sí, hoy, este domingo. Pensó hacerlo el domingo pasado, pero se resistió. Le tuvo más miedo a la expresión de paciencia que pone su yerno cada vez que lo consulta por alguno de sus males —esa cara de "qué le vamos a hacer, hay que aguantar a este pobre viejo imbécil"—, que a la posibilidad de que en ese momento mismo se estuvieran multiplicando las metástasis mortales, instalándose en los rincones más queridos de su organismo. Tiene cincuenta y cinco años —la década del cáncer. Cuatro días para hacer la biopsia, esas cosas de brujos que los médicos llaman "cultivos"..., y después de ese breve aplazamiento la caída al fondo del terror y no dormir nunca más hasta dormirse definitivamente.

O no.

¿Quién sabe si el próximo domingo a esta hora, liberado del miedo, me estaré preparando tal como hoy pero más liviano, para ir a buscar las empanadas a la casa de la Violeta? El domingo próximo y cincuenta, cien, quinientos domingos más en el futuro, como otros tantos domingos en el pasado.

Se mira en el vidrio del mayor de sus anaqueles. No, así no. Doblado sobre su brazo el cuello de su abrigo no debe caer junto al ruedo, es necesaria una diferencia, el cuello a la altura del Stendhal empastado en tela verde flordelisada, el ruedo más abajo, sobre el Carlyle en una pasta bastante ordinaria que tantos deseos tiene de cambiar. Ahora, a su regreso, se va a sentar a leer el diario por si anuncian algún remate de libros, y si encuentra paz en la voz de su yerno, su manera de celebrarlo será asistir a ese remate y comprar algo. Un Carlyle, por ejemplo. Y si no, mi viejo, te conformas con la pasta corriente que tienes y te pasas la tarde encerrado en tu escritorio leyendo *On heroes and hero worship*, que al fin y al cabo no es mala preparación para la muerte.

Acércate un poco más al vidrio. La luz de la ventana cae a tu espalda de modo que casi no puedes verte. Pero acercándote mucho más al vidrio, hasta empañarlo con tu aliento fresco de Listerine, si sostienes tu aliento, podrás ver los detalles con más claridad en el vidrio de este anaquel que en el espejo de tu baño lleno de luz —hasta que tengas que soltar el aliento otra vez y desapareces como en una nube. Pero alcanzas a ver: tus ojos son demasiado chicos y juntos, lo más débil de tu rostro, y no los quieres porque en los ojos es donde más se te notan los años que no pasan en vano, mi viejo, que no pasan en vano, el iris descolorido, el perfil de los párpados apenas enrojecido, escasez de pestañas que nunca fueron abundantes..., mira tus ojos que pueden estar muriéndose. Hoy tienen menos fuerza que nunca. Como si las metástasis ya sembradas en tu hígado, en tu próstata, en tu cerebro, en tu rodilla, en tu vejiga hubieran chupado todo el vigor de tu organismo. Y tu piel. Tócala en ese vidrio antiguo. Reconoce con las yemas atentas las mutuas imperfecciones; el granito de arena justo encima de la P de Prescott es también la pequeña herida que te hiciste esta mañana al afeitarte —¿o estaba desde antes ahí donde tu cuello y tu mandíbula se juntan?

Ella será la última en saberlo. Hará que su yerno se lo prometa, que se lo jure como hombre que desea manejar su propia muerte para que no se la arrebaten. Ella siempre se ha reído de sus aprensiones. Jamás ha sentido respeto por el sacrificio de sus dietas y sus fumigaciones, y por eso tiene que ser la última de todos en saberlo. Pedirá que se lo digan sólo cuando ya no haya absolutamente nada que hacer, en caso de que lo tengan que llevar al hospital, por ejemplo, o si debe guardar cama para que lo cuiden. Que no lo sepa. Una venganza elegante, si uno quisiera vengarse. Pero no es eso. Ella es una perra parida echada en un jergón, los cachorros hambrientos pegados chupándole las tetas, descontenta si no siente bocas ávidas de ayuda, de consuelo, de cuidado, de compasión, pegadas a sus tetas. Ella se quedará sin participar en su muerte. No es venganza. Es miedo de que se la arrebate.

—...porque tú ves lo rara que se ha puesto la Trinidad. Las Estévez dicen que el visón de la Trinidad no piensa en ser nada del otro mundo. Yo que no entiendo lo encontraba regio. Claro que la Trinidad es tan misteriosa. Una vez me dijo que Mario se lo había comprado en París. Anoche dijo que en Londres. En todo caso está convencida de que no existe un visón más perfecto. ¿Y te cuento? Me aconsejó que te obligara a que tú me compres uno —dijo que conocía a no sé qué gringa que se vuelve a USA, que liquida el suyo... Alguien le dijo que la Legión de Honor de una mujer es un visón... ¿Te imaginas yo con visón, a mis alturas? ¿Para qué, digo yo? ¿Para prestárselo a la Rosita Lara de la población, cuando vaya a hacer el trottoir porque Lara se emborrachó con la paga de la semana? Mira, si yo me pongo como la Trinidad de ridícula con los años, que me despachen con una inyección como a los animales. Me estuvo contando cómo cuidaba su visón en Londres. Tanto seguro, tanta caja de fondos, qué sé yo, está convencida de que la Scotland Yard no tenía otra cosa que hacer que cuidarle su famoso visón. Claro que las Estévez...

Desnudo mientras se miraba en el espejo de su baño, dejó la puerta abierta para oírla hablar desde su dormitorio. Hoy no se había encerrado, para tener así a la Chepa al alcance de la voz por si de pronto, al quitarse la chaqueta del pijama, descubría que durante la noche la mancha se había extendido como una araña desperezándose sobre su pecho, y en ese caso, sólo en ese caso, hubiera gritado pidiendo auxilio: Chepa, Chepa, me muero.

Se acercó a su espejo después de haberse duchado y secado: un pelo más, un pelo que ayer a esta misma hora estaba sólo medio englobado, hoy quedaba adentro. Cinco pelos. Bajo esa mancha como una condecoración que campeaba sobre su pecho, su corazón se saltó un latido. La cosa no era como para gritar. Como para no seguir postergando la consulta con su yerno sí, pero no como para gritar. Tocó su mancha, esa condecoración desconocida para su mujer, sobre la que no podía hablar ni hacer gestiones como con la otra, la Legión de Honor, ese otro botoncito áspero que propusieron darle por su cooperación con la comunidad francesa residente durante la guerra, y que después no se la dieron, tal vez porque se habló demasiado del asunto. No dejaría que la Chepa hablara sobre esta condecoración hasta que la tuviera definitivamente colgada sobre su pecho.

Sólo un grano de arena sobre la P de Prescott. Pasa sus dedos blancos de notario sobre su pómulo y estira la piel hasta su sien. No. No. ¡Cincuenta y cinco es tan poco! ¡Todavía no! Mira su reloj. Se le está pasando la hora. Se pone el abrigo, abre la puerta del escritorio, sale y la vuelve a cerrar. Cruza la sala donde la sirvienta está limpiando la alfombra Wilton con el aparato eléctrico.

—Voy donde la Violeta a buscar las empanadas para el almuerzo. Ya vuelvo...

—Sí, señor...

¿Para qué decírselo? Ella sabe que a esta hora los domingos en la mañana sale en su auto a buscar las empanadas a la casa de la Violeta. Pero el hecho de haberle callado lo de esta mañana a su mujer, de postergar el grito para hacerla creer que hoy el ritual de Lux y Odorono y Colgate y Listerine y Yardley que dura meticulosamente dos horas todas las mañanas fue igual que los demás, ese silencio lo impulsa a comunicarle algo a alguien, aunque no sea más que esto a la sirvienta, que por lo demás ya lo sabe. Quizás la Violeta. Quizás lo adivine, atenta desde hace tantos años. Pero tampoco. Tampoco le dirá nada. Hasta después.

En el jardín los ruidos son menos intrusos que en la casa: un pájaro perdido en la neblina, un auto que pasa, la gota reiterada en la canaleta, un niño que ríe en la casa de atrás, una radio en alguna parte... Abre el garaje. Lado a lado los dos autos: macizo, gris acero el suyo; casi redondo, pequeño y azul el de la Chepa, acurrucado a su lado. Un poco obscena esta coquetona intimidad del auto femenino acurrucado junto al auto macho en la misma cama..., absurdo. Nunca se imaginó que una mujer pudiera deleitarse tanto con la llegada de la menopausia como la Chepa con la temprana llegada de la suya: un suspiro hondo, la jubilación, la coartada metabólica. A una simplemente no le dan ganas. Nunca le gustó el amor. Y ahora dejaba el auto insinuante junto al suyo. ¿Cuántos años hacía que no dormían en el mismo cuarto, ambos muy tranquilos y conformes? Primero fue por las niñitas: era necesario dormir con la puerta de la pieza abierta para oírlas si algo pasaba. ¿Qué? Bueno, cualquier cosa, que se enfermen, por ejemplo, y después, cuando iban a fiestas, para oírlas llegar. Luego los nietos: ella tendida en cama la mañana del domingo con sus cinco nietos en pijama saltando, tomando mamadera, inventando historias, leyéndoles cuentos, acurrucados en su tibieza de perra parida. Y claro, sus pobres. Cada día más importantes. Teme que los niños crezcan. Que la Meche y la Pina se los arrebaten. Pero ninguna de las dos es maternal y se los dejan gustosas. Hasta que los niños se aburran y encuentren otros amigos y otros intereses en el colegio y la dejen sola..., entonces están sus pobres. La Chepa sale temprano y llega tarde todos los días de la semana. Lo deja solo en la casa sin nada que hacer ahora que ha jubilado, sin preguntarle siquiera cuál es su programa para el día, si quiere que hagan algo juntos como los demás matrimonios de su edad y posición, ir al cine, o alguna visita de familia o de pésame. Ella se va. Quién sabe dónde. Ah, sí. Donde sus pulguientos. Y en la noche regresa despeinada, con los zapatos embarrados, con olor a parafina o a fuego de leña en la ropa. Él siente sus olores desde el otro lado de la mesa cuando se sientan a comer cualquier cosa, un plato de sopa muy sanito o un charquicán, y ella al frente contándole su día. Si ella no le hubiera insistido tanto que estaba demasiado joven para jubilar, quizás no habría jubilado.

Hizo retroceder el auto, sacándolo del garaje con cuidado de no rozar el cuerpo de la Chepa con el suyo. Y luego por el sendero hasta la calle. Detuvo el auto frente al portón. Claro, y después la Chepa le echaba en cara que era un desconsiderado: cómo no, otro tocaría la bocina para que una de las sirvientas acudiera a abrir el portón y cerrarlo. Pero él no, con esta llovizna o neblina. Las pobres están demasiado viejas. Y se demoran y no terminan nunca y se les cae la cadena de las manos y se enredan..., prefiero hacerlo yo. Pese a lo que diga la Chepa —no lo dice, no se atrevería jamás, pero lo implica como sabe implicar tantas cosas—, yo no soy un desconsiderado. Se baja, abre el portón y saca el auto a la calle.

Entonces vuelve a bajarse, pensando que quizás hubiera debido abrigarse un poco más, ropa interior de lana, por ejemplo, porque está cayendo esta neblina delgada, pegajosa, penetrante, que no es neblina sino llovizna y uno queda impregnado de frío. Arrastra el portón, una hoja y después la otra, y las amarra con la cadena. Es necesario hacer arreglar esta puerta. Justo las cosas que la Chepa debía preocuparse si pasara más tiempo en la casa, llamar a uno de sus "hombrecitos" y, en un par de horas, asunto despachado. Hay que arreglarla lo más pronto posible, sobre todo con tipos como éste rondando.

Está como escondido detrás del acacio, un borrón que avanza un poco en la llovizna y se define: una bufanda rodeándole el cuello y cubriéndole la boca, las manos metidas en los bolsillos del pantalón, los hombros encogidos. El hombre titubea al acercarse, se detiene y vuelve a avanzar otro par de pasos. Después de fijar el candado,

Álvaro se queda esperándolo con los puños apretados.

—Don Álvaro...

—Sí...

¿Para qué se tapa la boca con la bufanda?

Primero sus ojos: vencidos, pedigüeños como los de un limosnero a la puerta de una iglesia, disueltos en lo que se ve de ese rostro desarmado por la miseria. Y sin embargo endomingado. Endomingado de una manera que podría ser hasta cómica. La gente vencida no se endominga. A este tipo le queda algo. Sí, el jopo brillante de grasa. Nada más, porque la camisa está inmunda y el traje azul que le queda grande se ha desteñido hasta parecer morado. Pero el jopo es airoso y agresivo a pesar de la lluvia y de los ojos imprecisos.

—Buenos días, don Álvaro...

—Buenos días...

Mantiene la puerta del auto abierta. Como el hombre no se decide a seguir hablándole, sino que se queda parado frente a él tiritando en la llovizna que mancha los hombros de su traje, se sube al auto y cierra la puerta. Abre un poco la ventanilla. La cara del hombre está a pocos centímetros de la suya. ¿Por qué no se quita la bufanda de la boca si quiere hablarle?

—Sí...

—Don Álvaro...

—¿Qué quieres?

—La señora Chepa...

—No se ha levantado.

—Ah...

—Es domingo...

—Claro. ¿Cuándo puedo hablar con ella?

—¿Eres de la población?

—No...

—¿Quién eres?

La pregunta está de más. Aunque no sabe su nombre,

sabe que si se quitara la chalina de la boca le vería el lunar montado en la arista del labio superior. Es él. El hombre no responde a su pregunta. ¿Debo saber cómo se llama este roto? Lo malo es que sabe, pero se ha olvidado. Un domingo lo divisó almorzando en el repostero de su casa, riéndose con las sirvientas, y sabe cuál es el tono de su risa, pero no recuerda quién es. La chalina cuela el vaho de su respiración. Si le mostrara el lunar, si lo viera montado como la saltadura mortal de la tetera en su labio, recordaría quién es. ¿Pero para qué quiere saberlo? Uno de los tantos pobres de la Chepa, con sus problemas miserables, que tengo el chiquillo enfermo, que mi mujer se fue con otro, que ando con una puntada aquí, que necesito certificado de nacimiento y no sé cómo sacarlo, que se me está lloviendo la casa, que la vecina me robó una olla, señora Chepa por Dios, qué voy a hacer si se cambió a otra población...

Pone en marcha el motor.

—¿Quién eres?

—¿No se acuerda?

—No...

—Maya...

El cuello de Álvaro se entiesa. Maya. Claro, el roto ese que fregaba tanto hace unos años, el del lunar en el labio. Lo impresionó ese domingo en la mañana cuando se asomó a la cocina para ver quién se estaba riendo tan fuerte con las sirvientas. ¡Lo que la Chepa lloró cuando se perdió el tal Maya! Pero ya hacía casi un año que no hablaba de Maya y había dejado de llorar porque el pobre no volvía hambriento a buscar sus tetas de perra parida que necesita con urgencia que la descarguen. Sí, lloró mucho. Más que..., en realidad nunca la ha visto llorar tanto. Cómo no va a recordar si ahora, de pronto, se da cuenta de que es la única vez en sus treinta años de casado que la ha visto llorar.

—¿Qué andas haciendo por aquí?

—Bueno...

—La señora creía que te habías muerto.

—Es que...

—¿Qué quieres ahora?

La voz de Álvaro se ha endurecido.

—Venía a molestarla porque...

—Claro, a molestarla, a molestarla, siempre a molestarla. Eso es a lo único que vienen ustedes. A sacar lo que pueden, a aprovechar, tú sobre todo...

—Yo no...

—La señora está furiosa contigo. Dijo que hasta le debías plata. Dijo que eres un malagradecido, un criminal, y que no quería que volvieras nunca más...

—¿Dijo que soy un criminal?

—Sí...

Los ojos de Maya se enfocaron sobre los suyos.

—No, la señora no dijo eso.

—¿Cómo te atreves? ¿Crees que la conoces mejor que yo, roto de porquería? No te quiere ver. ¿Entiendes? Ya, lárgate. Quihubo, andando...

La bufanda se le cae de la boca —ahí está el lunar, horrible y negro y áspero y erizado de pelos mal cortados, como un bicho inmundo que le hubiera subido desde las entrañas y se hubiera arrastrado hasta su boca. Pero sus ojos se nublaron de nuevo, retrocedieron hasta perderse en ese rostro sin relieve.

—Ya..., te dije. Andando...

—¿Dijo eso?...

—Claro que lo dijo. Dijo que si te presentabas iba a llamar a los carabineros para que te pusieran a la sombra otra vez. Para siempre. ¿Cuánto le debes? Creo que bastante. Se aburrió.

—¿Se aburrió?

—Ya, dijo. Está bueno. Ya no perdono más a Maya, que

no es más que otro roto que está aprovechándose de mí...

—¿No me perdona, entonces?

—¿Hasta cuándo va a perdonarte? No, ya está bueno. Si vuelves a molestarla hago que te pesquen y te cobro judicialmente la plata que le debes. Sabes muy bien que soy abogado...

—Ella sabe que no tengo nada.

¿Y si no tienes nada, qué derecho te adjudicas, entonces, de andar con un jopo envaselinado? Sube la ventanilla. Entonces Maya se acerca al vidrio y comienza a hablar muy rápido, gesticulando con las manos y encogiéndose de hombros y de cejas, pero sin énfasis, sin acentuar nada, todo como perdido en el segundo plano de una foto desteñida. No lo oigo. Me pongo más tardo de oído que nunca cuando hace frío. Y la ventanilla subida y el motor del auto corriendo y afuera de la ventanilla Maya hablando, moviendo sus cejas que no alcanzan a dar expresión a sus ojos vencidos, vidriosos, tratando de verme a través del vaho que sus palabras dejan en el vidrio de mi ventanilla...

—Quihubo. Lárgate te digo.

Maya retrocede un paso. Luego da vuelta la espalda y desaparece.

Álvaro Vives sale temprano todos los domingos para ir a buscar las empanadas a la casa de la Violeta. Le gusta el lento viaje siempre por las mismas calles hasta el otro extremo de la ciudad, no sólo por la paz que proporciona lo habitual no interrumpido, sino también porque las empanadas de la Violeta son verdaderamente magistrales —un almuerzo dominical en la casa de la Chepa y Álvaro Vives, repiten los amigos y parientes invitados, no es almuerzo sin las empanadas de la Violeta: esa masa fragante, liviana, y el pino caldudo sazonado con un equilibrio realmente sagaz. Sí, después de comer una empanada de la Violeta de los Vives cualquiera otra parece hecha como de trapos lacios y rellena con pino hediondo a muerto.

Claro, quién se va a extrañar: todos recuerdan que la mesa de la madre de Álvaro fue en sus tiempos una verdadera maravilla de guisos criollos, y la Violeta entró jovencita a su casa como ayudante de cocina. Después, con los años, cuando misiá Elena se tuvo que reducir igual que todo el mundo, la Violeta siguió con ella como cocinera hasta el día de su muerte: treinta años de servicio. Por eso nadie se extrañó de que misiá Elena se acordara de la Violeta en su testamento. Incluso se esperaba. Apareció un codicilo en que legaba a su sirvienta no sólo una casita de lo más buena, sino también unas acciones con su rentita, para que pasara el resto de su vida sin trabajar. Toda la parentela comentó la generosidad de la patrona de la Violeta, que claro, es cierto, se mantuvo leal hasta el fin, haciendo incluso de llavera, y además nadie hubiera osado poner en duda su excelencia como cocinera. ¿Pero, y la Mirella? ¿Cómo era posible, se preguntaron en secreto algunos parientes pobretones de conducta intachable no favorecidos en el testamento, que una mujer tan anticuada, de moralidad tan estricta como misiá Elena, no sólo perdonara "el mal paso" de la Violeta y la conservara consigo, sino que premiara en ella lo que hubiera condenado horrorizada en otras?

La excesiva generosidad de su madre confundió a Álvaro sólo al principio, haciéndolo sentirse incómodo como un niño sorprendido robándose dulces. Pero después de majar y majar su duda, lo encontró muy propio: su madre era una mujer rara. De alguna manera, casi sin moverse de su silla de la galería, mientras rezaba, mientras cosía, sin jamás trizar su discreción con una pregunta o una sospecha, su madre finalmente llegaba a saberlo todo. Y por lo visto a perdonarlo todo. Al poco tiempo de la muerte de su madre Álvaro se convenció de que el famoso legado era una compensación a la Violeta, algo a modo de pago "por servicios prestados" como decía el codicilo sin definir esos servicios. Álvaro se dio cuenta de que encubierta por la opacidad de la fraseología legal, por primera y última vez en su vida, su madre rompía la discreción al referirse desde más allá de la tumba a ciertos servicios prestados por la Violeta hacía mucho, mucho tiempo, antes de su matrimonio con la Chepa. Claro que si hubiera creído que él era el padre de la Mirella le habría dejado una herencia muchísimo mayor.

Álvaro fue albacea. Decidió cuál de las casas de la cuadra de casas todas iguales convenía más a la Violeta, favoreciéndola gustoso por encima de los demás legatarios. Le adjudicó la mejor. La que encontró en mejor estado. La mejor situada en relación a la calle principal, para que de este modo se valorizara. Todos los semestres le llevaba el dinero de sus acciones, en billetes flamantes que él mismo iba a buscar al banco. Para una mujer que jamás soñó con ser propietaria ni con terminar su vida en la holgura, todo esto constituía una verdadera fortuna. Irónicamente, reflexionó Álvaro, la Violeta le debía su buen pasar, en más de un sentido, a él. La parentela, después de llegar a la conclusión de que misiá Elena había exagerado la importancia de la Violeta en su testamento, lo olvidó pronto, sobre todo porque el mismo documento proporcionaba cosas de mayor monto que criticar, que lamentar, que callar. Álvaro agradeció el gesto generado por los escrúpulos de su madre, que le quitaba un peso de encima. Aunque le era necesario confesar que ese peso jamás lo había dejado sin dormir. Y con razón. Prueba: la Mirella...

Después de la repartición de bienes de la finada, la Violeta se trasladó a su casa con unas cositas que compró con sus ahorros, y otros cachivaches, mesas, arrimos, sillones, pedestales con plantas, una enorme litografía con tema histórico y marco monumental, que sobraron de la casa de misiá Elena y que nadie, ni los parientes más pobres quisieron llevarse, no por destartalados sino por pasados de moda.

En la mañana del primer domingo después de su traslado la Violeta apareció en el repostero de la casa de Álvaro Vives con la Mirella muy peinada y tiesa de almidones, llevando al brazo una canasta cubierta con un paño blanquísimo, llena de sus inimitables empanadas de horno. ¡Empanadas de la Violeta, empanadas de la Violeta!... La Chepa y las niñitas se arremolinaron alrededor del canasto y hasta Álvaro acudió desde el escritorio a olerlas, ya que el estado de su pobre estómago le impedía probarlas. La Chepa disimuló un puchero.

...esta Violeta, no... me ha hecho llorar a lágrima viva con sus empanadas. Tal como si misiá Elena no se hubiera muerto la pobre y todo, la casa de Agustinas y todo, siguiera igual que siempre...

El domingo siguiente la Violeta volvió con más empanadas, y también el siguiente y el siguiente. Todos los domingos aparecía con su canasto en una mano, llevando a la Mirella de la otra, y se quedaba a almorzar en familia, en el repostero. Después de almuerzo la Meche y la Pina se llevaban a la Mirella a jugar. Se divertían pintándola como a una muñeca, haciéndole peinados extravagantes copiados de las artistas de cine, que ella soportaba lagrimeando porque no podía rebelarse contra dos niñas tanto mayores que la hacían permanecer quieta mientras le metían tenazas calientes en el pelo. No le gustaba ir donde los Vives. Pataleaba todos los domingos mientras su madre la vestía. Prefería quedarse en su casa, salir a corretear por la cuadra con los chiquillos de las vecinas, le gustaba que su madre la mandara al despacho de la esquina a comprar marraquetas y yerba mate. Odiaba esta casa y esta gente que, según decían, la iban a encerrar en un colegio para que estudiara y llegara a ser "alguien". Como si hubiera que estudiar para eso.

La Violeta fue envejeciendo. Esa carne que fue tan dura y tan blanca mientras fue activa, al reposar se puso fofa y amoratada y cualquier cosa le costaba un esfuerzo tremendo. A veces Álvaro se preguntaba cómo era posible que la Violeta, sólo cuatro años mayor que él, hubiera envejecido tanto. Ya no podía hacer el viaje a dejar su canasto donde los Vives los domingos, y comenzó él a ir a buscarlo y a dejarle plata para las empanadas del domingo siguiente. Porque si al principio aceptaron las empanadas de la Violeta como una manera de conservar el vínculo con la familia que la había favorecido, después, cuando las empanadas se hicieron costumbre y ritual obligado, no se pudo seguir aceptando ese regalo. En primer lugar, la familia iba creciendo y ya no bastaba la docena inicial, sobre todo con el apetito de los yernos y de los nietos. Entonces los Vives comenzaron a pagarle "los materiales" a la Violeta y ella ponía el trabajo —pero si te cansas, mujer, y la Mirella no te ayuda. No, señora, si puedo, déjeme, ustedes han sido tan buenos conmigo, si fuerza para amasar no me falta, cómo se le ocurre que me van a pagar— y tuvieron que aceptar el regalo por lo menos de su trabajo y de su arte.

Durante un tiempo estuvo mandando a la Mirella a dejarlas. Pero al crecer rehusó seguir haciendo ese recorrido servil. Estaba enamorada de un muchacho moreno, con el pelo muy calzado sobre la frente, que trabajaba de mecánico de autos en la estación de servicio que se construyó cuando echaron abajo el despacho de la esquina. Él la impulsaba a rebelarse. La pobre Violeta no sabía qué hacer. Ninguna fuerza humana fue capaz de retener a la Mirella en los colegios que los Vives le pagaban: la echaban de todos, no por mala sino por floja, porque tenía la cabeza en otra cosa, porque vivía pensando en el Fausto, o en sus amigas de la cuadra con las que iba a la matinée. Detestaba a los Vives y se negó a volver a su casa. La Violeta lloró muchísimo y tuvo una explicación con misiá Chepa. Después la Chepa se encerró en la pieza del piano a echarle un sermón a la Mirella, que se distrajo tironeándose el vestido y metiéndose los dedos en las narices. Fue inútil.

—Es moderna. Le ha dado por esas cosas, qué le vamos a hacer, por esos bailes y por las películas. Yo que quería que fuera enfermera para que ganara su plata y fuera alguien. Está convencida de que la Violeta es millonaria, millonaria. Varias veces me la he encontrado en la calle pintada como una mona. Es increíble que una muchacha nacida en una casa como la de misiá Elena sea tan... bueno, tan poco refinada, como es refinada la pobre Violeta, por ejemplo...

—Ay, mamá. Imagínate, Meche, la Mirella refinada. Las cosas de mi mamá...

Entonces comenzó Álvaro a ir a buscar las empanadas. Se sentaba a leer el diario del domingo mientras la Violeta terminaba de colocarlas en el canasto en una espiral para que no se aplastaran —uno de los refinamientos de la Violeta que deleitaban a la Chepa. Álvaro jamás dejaba de quedarse a acompañarla un rato oyéndole sus problemas de la Mirella, que la echaron del colegio, que Fausto ya no trabaja en el garaje de la esquina y ahora nunca sé dónde anda la chiquilla, que se quiere casar, que se casó, que se va a llenar de chiquillos, que perdió el primero, que perdió el segundo, que no le queda ni un diente, que Fausto sale de noche..., y la Violeta no ha estado bien últimamente. Una de las cosas que quiere decirle hoy es que le va a mandar un médico para que la examine, el doctor Bascuñán, medio pariente, ella lo conoce, el médico que él consulta para sus males menores cuando no se atreve a consultar a su yerno. La Violeta está demasiado gorda. La presión. Al moverse arrastra sus zapatillas casi deshechas, lo único que sus pobres patas toleran, acezando como una tetera que hierve lenta y melancólicamente. Siempre saca alguna excusa para no ir al médico. Pero esa misma tarde, en cuanto termine de almorzar, Álvaro llamará a Clemente Bascuñán, que por lo demás es uno de los grandes admiradores de las empanadas de la Violeta. Tantas veces que ha estado por llamarlo...

Su mano tiembla al detener el auto frente a la casa, al quitarse el guante y meter la mano por entre los botones de su camisa y tantear bajo su camiseta buscando el lunar que durante el trayecto puede haber crecido —seis pelos. Tal vez. Quisiera contarlos. La cuadra entera con sus casas todas iguales, una puerta, dos ventanas en muros de ladrillos sin enlucir, está desierta. Nadie me verá. Nadie se fijará si abro los botones de mi chaleco y de mi camisa y me incorporo para mirar mi lunar en el espejo de retrovisión del auto. Pero quién sabe si desde la ventana de alguna de estas casas un ojo me espía y se reirá al sorprender mi gesto ridículo. ¿Pero qué tiene de ridículo?

Fausto no está en el auto estacionado delante del suyo. Si es que se puede llamar auto esa carcacha híbrida compuesta de trozos sobrantes de otros autos, con cajones de azúcar como asientos. Y si no está, ha entrado a la casa de la Violeta. ¿Las paces, por fin? Quita la mano del botón que va a presionar para abrir. No tiene ganas de encontrarse con Fausto y la Mirella, y menos que nada conocer a la famosa Maruxa Jacqueline, que seguramente trajeron hoy por primera vez después de la pelea. Las relaciones quedaron malas cuando Fausto se negó a invitar a los Vives, a don Álvaro y a misiá Chepa y a las "niñitas" con sus maridos, a su casamiento.

—¿Pero por qué, Fausto?

—No es familia. Usted es familia.

44

—No entiendo...

—La Mirella no es sirvienta.

Nadie lo dijo jamás. Pero Fausto era quisquilloso y empecinado. Lo único que tenía era orgullo, decía la Violeta, porque lo que es facha mejor ni hablar, y ni un peso, ni educación..., claro que es empeñoso, eso nadie se lo niega. Y cuando también se negó a invitar a los Vives al bautizo de la Maruxa Jacqueline, la Violeta ya no pudo soportarlo más. Que la madrina no fuera misiá Chepa, sino una mujer que vendía los boletos en la taquilla del cine donde ellos iban, bueno, ya la cosa pasó de castaño oscuro y los echó de la casa. Se fueron a vivir con los padres de Fausto, en una casa que decían era miserable. La Chepa quedó mortalmente ofendida. Ella se había propuesto decidirlo todo. El vestido de estreno de la Meche, con un poco de tul en el escote, le quedaría regio a la Mirella para casarse y los hijos se llamarían..., pero nadie la consultó. Ni la invitaron. Y la Violeta hizo causa común con los Vives y tampoco fue al bautizo. No hubo quien impidiera que le pusieran Maruxa Jacqueline a la recién nacida. Típico de la familia de Fausto. Maruxa Jacqueline: el colmo. La Chepa anduvo varios días pálida de rabia.

—No, si no estoy enojada. ¿Por qué voy a estar? Pero que vengan a pedirme un favor no más. Van a ver. No, claro, si yo encuentro que tienen toda la razón de no habernos convidado... Pero van a ver si quieren que yo los ayude con un empeño para la Caja Habitacional o con una tarjeta para el hospital..., esperen no más, entonces sí que se las voy a cantar claro.

A cantar claro y después, naturalmente, a adueñarse de los destinos de Fausto y la Mirella y la Maruxa Jacqueline —seguro que hasta conseguía que le cambiaran el nombre: Angélica era el nombre que ella propiciaba. Toca la bocina. Si Fausto abre la puerta, pretendo que no ha pasado nada. Al fin y al cabo él me hizo un favor personal no invitándome al matrimonio ni al bautizo porque yo no hubiera ido, y así me ahorré un desaire a la Violeta.

Fausto abre la puerta.

—Buenos días, don Álvaro, pase...

—Quihubo, hombre. ¿Tu auto?

Fausto le ruega que espere un poco: las empanadas no están listas porque la Violeta se distrajo con la Maruxa Jacqueline. Pero en media hora...

—¿No quiere pasar, don Álvaro?

—No, gracias, espero aquí.

Fausto se entiesa como un gallito. Pero si soy yo el que debo ofenderme, mocoso de mierda, convidarme a mí a pasar a la casa de la Violeta como si él fuera el dueño —claro, está pensando en la muerte de la Violeta y en la buena herencia que le tocará. Pero la Violeta no se va a morir. No se va a morir. Nunca. Y tú esperarás hasta que se sequen tú y tu mujer y la Maruxa Jacqueline, que nada tienen que ver con nosotros. Voy a pasar. Quiero ver a la Violeta.

—Bueno, mejor entro.

Permanecieron unos instantes rondando el Chrysler de Álvaro, y Fausto, lleno de admiración ante la belleza y la potencia de la máquina, se fue deshielando. Abre el motor: se pierde como una ardilla en el interior, le demuestra a Álvaro el funcionamiento de una pieza, un anillo, una tuerca, algo pequeño pero distinto que hace del Chrysler un auto realmente especial. Álvaro oye la disertación. Fausto, frente al motor abierto, apoya el pie en el parachoques, enciende un cigarrillo y habla de lo que sabe. Es socio menor de un garaje pequeño, en otro barrio. Entran cuando empieza a tupir la llovizna.

El olor a empanadas llena la casa, ese olor a masa caliente, tostada, a cebolla y ají y a los jugos colorados de la carne bullendo dentro de los sobres de masa, entibiando ese sacrosanto olor dominical desde el principio de la memoria. Álvaro se instala en la galería de vidrios y abre su diario. La Violeta le grita los buenos días desde el patio y llama a Fausto.

—Con permiso, don Álvaro.

—Anda no más.

La ve amonestándolo. Exigiéndole que le pida perdón a él por imaginarias ofensas a la familia Vives. Limpiándose el sudor con la punta del delantal, acude a la galería a saludarlo, mientras Fausto permanece cabizbajo al lado afuera de la cocina. Después de encender un cigarrillo y apoyarse en la jamba, mete una mano en el bolsillo de su pantalón. Una guagua comienza a chillar en la cocina. Fausto se sobresalta, tira el cigarrillo y entra. A través de la lluvia que cae en el patio embarrado gorjeando en las canaletas y salpicando desde los aleros, Álvaro oye la voz de Fausto cantándole a la Maruxa Jacqueline, que no deja de chillar.

—Tan desabrido este Fausto. No está nada de bien la niña le diré, don Álvaro. Anoche hizo una caca blanca muy rara.

—Estás contenta.

—Es que se me está arreglando el naipe. Parece que se van a venir a vivir conmigo. La Mirella peleó con la suegra anoche. Dice que bueno, que le va a presentar excusas a la familia. Es él el cabeza de mula...

—Ay, mujer por Dios, déjate. Si he estado hablando con él y estuvo de lo más amable, qué más quieres.

—No, no. Sí, don Álvaro, yo quiero.

—¿Pero para qué?

—Las ofensas son las ofensas. Usted sabe que yo nunca me he considerado verdadera dueña de esta casa. La patrona me la dejó prestada no más, y es de ustedes, y a ustedes tiene que volver después de mis días...

—No hables leseras, Violeta, si no quieres que me enoje contigo. La casa es tuya y de tu hija y de tu nieta...

—Sí, si sé, pero si no le llevan la guagua a misiá Chepa para que la conozca, a su casa, esta tarde, sí, esta tarde, yo no los dejo que se vengan a dormir aquí esta noche. Si la cosa se pone peor le dejo a usted la casa en mi testamento...

Desde la cocina llama la Mirella y la Violeta sale a escape. No debí haberme bajado del auto. ¡Este ambiente de llantos y cacas de guagua, de herencia y de goteras que caen desde techos imperfectos en escupideras y lavatorios saltados! ¿Por qué no arregla las goteras? Tiene plata. Se debe estar poniendo avara la pobre. Con los años. De esas viejas que guardan la plata en el colchón. Despliega el diario. Se mueve un poco en el asiento para evitar que un resorte suelto del sofá de peluche azul se le incruste en una nalga.

—Aquí están.

La Violeta deposita el canasto sobre la mesa y Álvaro pliega el diario. Está llorosa.

—¿Qué te pasa?

—Que el Fausto no quiere.

—¿No quiere qué?

—Llevarle la guagua a misiá Chepa.

—Te digo que no importa...

—Le apuesto que a ella le importa. Pero se van a quedar a almorzar. En la tarde lo convenzo.

—Preocúpate mejor de arreglar el techo. Mira esas goteras. ¿Qué haces con tu plata?

—Le presté al Fausto para lo del garaje nuevo ese en que se metió...

—¿Y cómo le va?

—Bien... de lo más bien...

—¿Entonces por qué no arriendan?

—Yo tengo tanto espacio, les da no sé qué...

Al salir con el canasto en la mano, Álvaro se detiene en la puerta del salón. Sólo verlo. El lunar le pica encima de la tetilla izquierda. Puede ser la última vez que viene a la casa de la Violeta. Si su yerno le palmotea la espalda o le habla atropellado o lo ayuda a ponerse la camisa..., entonces, quizás entonces lo encierren para siempre y ya nunca más.

—Oye...

—¿Qué?

—¿También se te llueve el salón?

—Creo que no... No sé, fíjese...

—¿A ver?

Entran y la Violeta abre las dos ventanas. La luz de esa calle pobre cayendo sobre los muebles de la salita de mi madre. Todo tan limpio. Para las visitas. Tan sin vida. Los sillones agrupados alrededor de la mesita con carpeta tejida y un calendario del año pasado, regalo del garaje en que entonces trabajaba Fausto. Al lado, la bendición de Pío XI a mi mamá, con el vidrio trizado.

—Está medio pelado esto, oye...

—¿No lo había visto?

—Uf, años que no entraba.

—Mire cómo está todo esto.

—¿Por qué lo tienes así, mujer? Los muebles apilados.

—Desde que Maya se llevó sus cosas quedó esto así.

—¿Maya? ¿Qué Maya?

—Ay, pues, don Álvaro, se está poniendo viejo y se le olvidan las cosas...

—Tengo cosas más importantes en que pensar.

—Maya de la señora, pues...

—¿Qué cosas eran ésas?

—Las compró cuando la señora lo sacó de la cárcel. Se acuerda que le dio por comprarse lujos. Muebles finos, ese juego tan caro, por Dios, si parecía del comedor de la casa de misiá Elena en la calle de las Agustinas, y tanta agua de Colonia. Y una televisión grande, y una vitrola y discos..., si yo ni dormir podía. Después se llevó todo...

Álvaro se sienta en una poltrona. Violeta corre un visillo para mirar la calle. En el fondo de la casa la Maruxa Jacqueline aúlla. Es tiempo de morir. Para ambos. Por lo menos para decírselo a la Violeta. El tiempo es para otros que lo exigen. La Maruxa Jacqueline que llora, que tiene hambre, que hace una caca blanca muy rara. Y todo este silencio en la pieza, donde la Violeta está poniendo recipientes para recibir las goteras al lado de los muebles increíblemente desteñidos que fueron de la salita de su madre.

—Mira, Violeta..., yo...

Ella lo mira fijo. Pero no le diré nada.

—Está bueno que te dejes de leseras. La casa es tuya. Tráetelos. Es una tontera que estés sola. Vas a chochear con tu nieta. Vas a ver. Hazme caso.

—Usted sabe que yo no me llevo nadita de bien con el Fausto. Es tan bullicioso y después me preocupo porque sale y deja a la Mirella sola y llega tarde en la noche o se va a las partidas con sus amigos el domingo. Y yo me preocupo, qué voy a hacerle, y usted sabe lo habladora y lo intrusa que soy y me meto a hablarle a la chiquilla en contra de su marido, qué le va a hacer una. Y no quiero. Ellos sabrán cómo viven. No hay nada peor que una suegra intrusa. La mamá del Fausto dicen que es así, que la niña no tiene ropa, que tienes que hacerle, la niña está cochina, límpiala, que aquí y allá, y la pobre Mirella, claro, se aburrió... con razón...

Las piernas de la Violeta están llenas de várices. La luz de la calle al atravesar los visillos imprime su diseño sobre su rostro: otras várices. Álvaro se pone de pie. Mejor quedarse callado. Puede ser, puede ser que su yerno no lo ayude a ponerse la camisa esta tarde..., en cinco horas más..., puede ser, y entonces para qué preocuparla... Toma la canasta.

—No seas tonta. Que te acompañen.

—Me las avengo muy bien sola, gracias.

Deja pasar unos instantes mientras la Violeta cierra con llave el saloncito. Ese chasquido: la cerrajería abre otra cosa y su corazón se pone a latir muy fuerte.

—Maya...

—¿Qué dice, don Álvaro?

—Que vi a Maya esta mañana.

La Violeta cierra la puerta de calle, que ha abierto. El silencio de la Maruxa Jacqueline llena la casa.

—Bueno. Me voy. Es tarde.

—¿Vio a Maya?

—Sí. ¿Cómo es que anda suelto? ¿Que no lo habían metido en la cárcel la última vez que las oí hablar de él?

—No. La señora creía pero no estaba segura. Lo hizo seguir hasta el puerto, pero ahí se perdió de vista y ya nadie más..., desapareció.

Está apoyada sobre la puerta.

—¿Y la señora vio a Maya?

—No. No lo vio. Lo despaché yo esta vez. Estoy aburrido con esta gente que se aprovecha de lo buena que es la Chepa. Le dije que si aparecía otra vez o si hablaba con ella, yo mismo le echaba los carabineros y lo hacía perseguir.

La cara de la Violeta se descompuso.

—Pobrecito...

—Claro, ustedes dos idiotas con el asunto de Maya, que se las pitó bien pitadas.

—¿Y cómo estaba..., flaco?

—Mal. Yo no sé. Ese hombre las tiene embrujadas a ustedes dos tontas, y eso que saben qué laya de tipo es. ¿Cuánta plata le sacó a la Chepa? ¿Y a ti? Dime la verdad. ¿No has arreglado el techo porque estás pagando cuentas del tal Maya todavía, no es cierto, desde hace más de un año? Confiesa..., confiesa te digo.

Iba a decirle vieja puta, pero se calló.

—...no, si es un sinvergüenza, no sé qué le encuentran. Yo me lavo las manos. Ya te dije. No quiero quejas. Y que después no me vengan llorando, que Maya esto, que Maya lo otro..., no, no. Se acabó. Hacía más de un año que estábamos libres de Maya, y ahora, otra vez.

La Violeta va a hablar pero se calla. Le quita la canasta de la mano a Álvaro, abre la puerta, lo deja pasar y lo sigue hasta el auto. Él se sienta frente al volante. Ella abre la puerta de atrás y deja el canasto en el suelo. Tiene el trasero verdaderamente enorme... y las piernas como postes, llenas de moretones y llagas..., dicen que medias. Pero la Violeta ya, para qué..., ya no le puede pasar nada más que morirse. Hace andar el motor y el auto·se aleja.

En un instante el auto entero se llena del festivo olor de las empanadas calientes... de los domingos de toda la vida. Afuera llueve y hace frío. La Violeta no debía haber salido con él..., en fin. Es domingo. Una campana suena en la iglesia del barrio. Unos chiquillos juegan a la pelota con unos diarios amarrados con cordel y él los sortea lentamente, pero apenas pasa el auto, los chiquillos continúan el juego como si él no hubiera existido jamás. Este olor dorado, tibio. Hoy es domingo y se me olvidó dejarle plata para las empanadas de la otra semana. No importa..., después, después..., pero este olor a domingo que llena el auto, a domingo, a este domingo...

...este domingo, este olor a domingo, a domingo en la mañana pero no muy temprano, cuando las sirvientas están atareadas en la casa pero en otras partes de la casa, una limpiando el salón con un trapo amarrado en la cabeza, otra atendiendo a mi madre, otra vistiendo a mi hermano menor, otra regando las plantas de la galería, otra canturreando en la cocina al destapar el horno para ver cómo están las empanadas, y entonces, en ese momento, este olor a domingo en la mañana pero no muy temprano se pone a circular lentamente por la casa desde el fondo del patio de la cocina, galerías y corredores, escurriéndose por los intersticios debajo de las puertas para entrar a las habitaciones cerradas donde aún no terminamos de despertar —se cuela por debajo de mi puerta hasta mi dormitorio caldeado por la mañana de verano, cerradas las persianas, corridas las cortinas, la sábana casi tapándome la cabeza y el olor a masa apenas dorándose vence a los demás olores calientes de mi cuarto y llega a mi nariz y desde allí manda comunicaciones hasta el fondo de mi sueño tibio de cosas apenas húmedas sudadas y pegajosas en sábanas que son como extensiones de mi piel donde trozos míos despiertan, de oscuridades húmedas allá abajo, de cosas táctiles y eréctiles bajo la sábana que también es yo pero húmedo de calor allá abajo entre las piernas, y el olor a masa dorándose despierta entre mis piernas como un puño, el olor escarbando en mi memoria amodorrada en busca de memorias que no existen, y ahí inventa roces y olores: esa masa blanca dorándose en el horno como una piel que no conozco, ese olor caliente a domingo en la mañana acariciando mi sexo que aprieto entre mis manos porque va a reventar. Pero no. No, no, no...

—¡Violeta!

Ha abierto el horno.

Echo las sábanas hacia atrás y me obligo a abrir los ojos de par en par. Las dos hojas de la cortina se agitan un poco, se buscan, se evitan, siluetas que se separan y se rozan y se acarician suspendidas en el calor. No. No: estiro los brazos, las piernas, los dedos. Sé que es malo hacerlo solo aunque el deseo duela. Es tan fácil hacerlo solo y es malo, porque soy flaco y chico y de caja enclenque, y me puedo quedar siempre así, dicen, si lo hago solo con mis manos que flexiono para que me duelan los dedos y así no manosear la sábana manchada de transpiración caída junto a mi cama como el vestido de que se despojó mi sueño. Hoy no hay ruidos. Tampoco en la calle. Sí, alguien grita el diario. Dos cuadras más allá un tranvía se detiene. Todo silencioso, todos veraneando, la ciudad despojada de premura, deshabitada, el pavimento derritiéndose, la gente buscando el lado de la sombra, un hilo a lo largo de las fachadas: a medida que el sol sube el hilo se va poniendo más y más delgado..., un hombre leyendo el diario, una vieja con su misal, dos amigas apresuradas hablando muy bajo como para no quebrar la soledad de este domingo de verano en la mañana..., para no amenazar el calor de mi cuerpo flaco tirado en la sábana sudada, pensando en otras cosas, buscando en la memoria cosas frías, sin olor, lisas, duras, rechazantes, inventándolas para que eso se aplaque porque yo no quiero ser siempre flaco y chico y pálido. Tengo hambre.

—¡Violeta!

A esta hora estarán en la piscina, junto al parrón, en el campo. Los duraznos cargados dibujan una sombra perfumada que refresca... y el zumbido de las abejas y las moscas y los mosquitos que, como mis primos y mis primas y también algún grande que se ha bañado en la piscina, se refugian bajo la sombra de los duraznos... zuattt... zuattt... un zancudo deja una mancha colorada en el brazo de mi prima Isabel. Yo observo a Isabel. Yo imagino a Isabel. Pero no puedo ahora porque ellos están en el campo con toda la familia, y los grandes les gritan que eso no se hace, que cuidado, que no estén tanto rato en el agua, que no coman ciruelas pintonas porque hinchan, que no se pongan demasiado al sol, que salgan de la sombra que se van a helar, que echen la vaca que pasó el cerco porque va a ensuciarlo todo con las bostas, que no arrastren la toalla por la tierra, que no griten..., pero sus gritos no me llegan aquí, a mi pieza de la ciudad el domingo en la mañana. Me dejaron castigado. Mi padre se fue ayer porque el viernes trabajó hasta tarde, y no pudo irse como siempre el viernes en la tarde para volver a su notaría el lunes en la mañana. A ver a la familia, que hace tanta falta y que tengo veraneando en el fundo, dice y vuelve a decir, por suerte queda cerca y me puedo ir el viernes y volver a la oficina el lunes. Pero este niño, Alvarito, tan malo que ha salido para las matemáticas. Tuvimos que castigarlo y dejarlo sin veraneo. No sé si irá a poder ser notario como yo, como él quiere. Es flojo. Mi padre le llevará mis recados a mi madre diciéndole que sí, que estoy muy arrepentido de no haber estudiado durante el año y que el castigo está surtiendo efecto. Con los niños hay que ser comprensivos hasta cierto punto, nada más que hasta cierto punto, Elena, déjame entendérmelas yo con Alvarito. Y todos los días cuando mi padre llega a la casa me toma la lección de matemáticas que el profesor especialmente contratado me ha estado repasando durante el día. Pero Elena, entiéndeme de una vez, los castigos son los castigos, no te lo voy a traer a veranear al campo aunque llore, pero Alvarito no llora porque este niño es tan duro..., pero si llorara... Y mañana lunes mi padre volverá del campo y me tomará la lección que debo haber repasado solo en la casa todo el domingo mientras él está en el campo, y me repetirá que dejarme sin veraneo solo en la ciudad, sin dinero, sin permiso para salir, al cuidado de una sola sirvienta que tiene órdenes de cuidarlo pero no mimarlo hasta que dé sus exámenes y salga bien, no vaya a ser un flojo este chiquillo. Que la Violeta lo cuide. Ella te puede cocinar a ti durante la semana y se queda cocinándole a Alvarito y cuidando la casa durante el sábado y el domingo. La Violeta es seria, consciente, limpia, cumplida. Hay que dejarle a Alvarito todos sus trajes buenos y sus camisas de salida y sus zapatos nuevos, toda su ropa buena, guardada con llave en un ropero para que la tentación de salir a distraerse sea menos, él que es tan pretencioso y que no puede tolerar ni una manchita de tierra en sus zapatos. Este Alvarito, qué niño por Dios, tan malazo para las matemáticas que nos salió. No le irá a hacer falta el veraneo digo yo, a él que es tan enclenque y que está creciendo, le puede hacer falta el ejercicio, el sol, la fruta fresca, todo eso, claro que primero las obligaciones. Él que quiere ser notario como su papá..., tienes que hablarle a tu hijo para que le entre el seso. Seso le entrará, pero lo que es las matemáticas no le entran. Eso dice el señor Parra, que es un pasante muy bien recomendado.

—¡Violeta!

Está en el fondo de la casa y no lo va a oír. Se queda tieso, sin respirar, sin rozar nada para que su cuerpo tendido no produzca ruido, y así poder oírla, a la Violeta, en el fondo de la casa moviéndose, arreglando cosas, tal vez lavando, limpiando cosas, ella que es tan limpia. Tan limpia, que una vez entré a su pieza y vi las sábanas de su cama almidonadas como las de las lavanderas en el campo, y cuando la oí venir por el pasillo salí corriendo porque tiene ese olor a limpia que no es a jabón sino a piel, a sábana, a empanada dorándose. Y entonces Álvaro huyó. Y se escondió en la pieza del baño y lo hizo, sí lo hizo solo, y el cura le dijo en la confesión que era pecado, el peor de todos menos el peor de todos, pero qué iba a hacerle, cómo evitarlo, si eso que quemaba entre las piernas poseía una autonomía aterradora. Evita los malos pensamientos. No te pongas en el camino del mal. Sé puro. Sé limpio. Qué diría tu madre si lo supiera. Porque si sigues haciéndolo, ya sabes, te quedarás chico, enclenque, sin fuerza, no podrás tener hijos, un monstruo, un ser asqueroso, ésa es la pena por lo que tú, a veces, pero muy rara vez porque tienes miedo, haces solo en tu cuarto, un domingo en la mañana cuando hace mucho calor y en el fondo de la casa la Violeta abre el horno para ver si las empanadas...

No. No. Salta de la cama y entra al baño. La ducha fresca, fuerte, para separarlo del pegajoso día de verano, de este olor a domingo en la casa, solo todo el día, sin permiso para salir, ni para ir al cine, sin ropa que ponerse para salir, todo el día encerrado sin otra cosa con que divertirse que esos juegos solitarios, esos malos pensamientos, esas cosas oscuras que suceden adentro de él y que salga así sin control, independiente, el pequeño recuerdo de la vez que Isabel se abrió de piernas en la piscina y él vio. Hay que alejar lo que dicen sus amigos en el colegio, ya tienes dieciséis años, hombre, ya es tiempo que vayas a putas pues Álvaro, hasta cuándo, yo conozco unas rebuenas que te hacen de todo... ¿Qué será "de todo"? Ése es el miedo, imaginándome un cuerpo con camisa de dormir y yo subiendo mis manos por sus piernas hasta el vientre, un cuerpo limpio, limpio... ¿y entonces, qué más, por Dios, qué más? ¿Qué sucede en ese abrazo oculto, en ese calor como el de la silueta de dos cuerpos apenas rozándose, bailando en el aire de las cortinas? Esto, en cambio..., todo el domingo solo en la casa. Tan grande la casa sola poblada de ruidos infinitesimales, muebles, hojas de plantas en jardineras, el rollo del autopiano que se agita un poco, el día largo tumbado sobre los cojines de los asientos del salón y los cojines transformándose en cuerpos, y entonces hacerlo solo de nuevo, solo pero tocando y abrazando los cojines de seda o correr a la ducha salvadora... como hoy... como ahora.

—Don Alvarito...

Él iba a entrar al baño pero no entró. La Violeta iba a entrar a su dormitorio pero no entró. Se quedó helado, desnudo en medio de la pieza, y los dos cuerpos sobándose, rozándose en la ventana —no respiró: afuera de la puerta ella tampoco respiraba, y más allá de la tempestad de sangre en sus oídos oye, cree oír, el roce delicado de su piel en su ropa limpia.

—Violeta... el desayuno, oye...

Podría entrar. No se ha ido. La oye respirar detrás de la puerta. Él puede decirle que entre. Mandarla que entre. Entra no más Violeta, que soy un niño inofensivo porque nunca voy a crecer, siempre voy a ser pálido y enclenque por mis malos pensamientos, no me tengas miedo. Y entonces ella lo vería desnudo en la medialuz caliente del dormitorio, parado sobre la alfombra, la casa enorme y vacía, su padre en el campo hasta mañana, su madre lejos, los dormitorios con llave, los muebles con fundas de tocuyo para protegerlos del polvo, sus primos repitiéndole que las sirvientas son para eso, lo esperan, que no dicen nada por miedo que las echen, y ella al otro lado de la puerta de su dormitorio escuchándolo antes de ir a buscar el desayuno, imaginándoselo desnudo como él se la imaginaba desnuda rodeada del rozar de su ropa limpia. Silencio. Silencio para oírla escuchándolo.

Entonces la oye irse.

Hoy la ducha no. La tina. Abre los grifos. Fría no, un poco tibia. Fresca. No debe hacerlo. Claro que en la tina siempre termina por hacerlo, hay tiempo, no es corto como la ducha, uno flota en toda esa agua apenas verdosa como si otro cuerpo enorme lo envolviera rozándolo como las dos cortinas, como la ropa de la Violeta rozándola, esta agua apenas verdosa que me sostiene y que siento sólo deliciosamente al moverme, su tacto fresco, delicioso. ¿Cómo dejar de hacerlo, entonces? ¿Cómo rechazar los malos pensamientos, el ansia de tocar y ser tocado entero y no tener más que estas dos manos insatisfactorias de niño que sale mal en matemáticas y quiere ser notario, pero tal vez no pueda? Esas palmas resecas archiconocidas, carentes de olores extraños, lo rozan entero desde el sexo y el vientre hasta las costillas y el cuello, y esas sábanas calientes que a veces responden y el raso de los muebles y el agua, lo mejor es el agua de la tina, lo mejor de todo, eso lo dicen sus amigos en el colegio, claro, lo hacíamos cuando éramos chicos, ahora que somos grandes y vamos a putas no, pero recordamos el agua de la tina verdosa..., para Alvaro es ahora. A veces sólo el pantalón basta. Cuando hace calor. Mientras el profesor explica las fórmulas algebraicas en el pizarrón su mano se busca en el bolsillo y se encuentra listo y basta un roce, un roce pequeño secreto, la mirada fija en el cogote blanco de Linares en el banco de adelante a falta de otra carne, y el pensamiento saltando hasta Isabel en la piscina, sus ojos cerrados, tendida, una mosca zumbándole cerca de los párpados, insistiendo en su boca, Isabel tendida así con una pierna doblada de modo que él ve sin que ella lo sepa, y los brazos de la Violeta en la casa sola y el olor a empanadas que ya estarán poniéndose doradas como su piel. Como su piel: un poquito sudadas. Sí, dicen que la masa de las empanadas suda en el horno justo antes de dorarse, y así están los brazos de la Violeta, un poco húmedos... No. No se va a meter en el baño. Se va a meter en su cama para que la Violeta le pase la bandeja con el desayuno, y él, entonces, le verá el revés de los brazos apenas dorados, apenas húmedos al pasarle la bandeja y ponérsela encima de sus piernas cubiertas sólo por la sábana y la mano de la Violeta, entonces, tan cerca, tan cerca...

Pero se mete en la tina. Una mosca vuela en el vidrio. No, dos, en la ventana de vidrios esmerilados del baño donde hay una botella azul de leche de magnesia que hoy tiñe de azul, no de verde, el agua del baño. Dos moscas peleándose. No, no peleándose. Haciendo el amor. Sí, las ve, no lo temen como las que no hacen el amor y salen espantadas, éstas se quedan, no lo ven, una montada encima de la otra brevemente, sacudiéndose, las alas vibrando, ese zumbido brevísimo, y zas, la mosca de arriba se va y la de abajo queda sobándose las patas y las alas y el cuerpo verdoso y velludo de una manera tan especial.

Ella quedará así. Sobándose las patas después que él la deje. Y se agita entero dentro del agua que lo roza, que lo recorre con sus millones de dedos apenas tibios y limpios.

La puerta se está abriendo.

Se queda quieto, mirándola.

La puerta sigue abriéndose lentamente y él reconoce los dedos de la Violeta en el perfil, y luego ella mirándolo desde la abertura. Tiene las mangas subidas hasta más arriba del codo. El cuello abierto. Todo el pelo tirado hacia atrás despejando su cara amplia, de cutis bruñido, muy rojo en las mejillas, y la carne blanca apenas dorada para el domingo en la mañana pero no muy temprano, y las piernas, y los pies... Los pies. ¡Desnudos! ¿Por qué desnudo el pie que nunca antes ha estado desnudo? Pero aunque sea regla, los pies desnudos de la Violeta rompen la regla y lo están, y están bien, así desnudos avanzando sobre las baldosas del baño. Él se cubre el sexo irreprimible.

—Sálgase, don Alvarito.

—Ya, oye, ándate que estoy pilucho.

—Se le va a enfriar el café.

Ella está sonriendo mientras se acerca a la tina. Toma la toalla grande y la pone en un taburete cerca de él. Se inclina para extender un piso peludo sobre el piso de cuadraditos de madera, y por un segundo, por el cuello entreabierto de su blusa, Álvaro ve los semicírculos completos de unos senos blancos, el ornamento de sus pezones rojos, los ve enteros en ese segundo, sabe exactamente cómo son, y ve también más allá de sus senos hasta la oscuridad de su vestido entibiado por su cuerpo, hasta el fondo de esas partes que él no conoce, entibiadas por el vestido y por el calor de la mañana. Si él entreabriera ese vestido para quitárselo, esa piel apenas dorada, esa carne dura, blanca, entonces como quien abre la puerta a un prisionero, el enloquecedor aroma de domingo en la mañana pero no muy temprano, ese olor, entonces lo asaltaría, lo tumbaría, y entonces ya no sabría qué está haciendo. Sin embargo, qué raro. Esto seguiría siendo pecado, peor que el otro, mucho peor, pero menos feo y humillante que el pecado solo, un pecado terrible que vale la pena, mientras que el otro no porque da vergüenza y éste, este pecado, no da nada de vergüenza.

—Ya pues, don Alvarito, sálgase le digo. Mire que tengo mucho que hacer. No estoy para que el café se enfríe y tenga que traerle otra taza y otra más hasta que al muy perla le dé la gana de tomarse el desayuno... dejándolo enfriarse ahí. Ya, sálgase le digo...

La Violeta toma la gran toalla y la abre para recibirlo. Entonces, él se para en la tina, las caricias de las goteras derramándose sobre su piel como anticipo de algo cierto, que ahora, con el corazón que se le quiere arrancar del pecho, sabe que va a ocurrir porque al pararse no se cubre el sexo erecto y ella, sonriendo y con los ojos un poco gachos, se queda mirándoselo..., y la casa entera está vacía, y tienen el día entero y la noche por delante, y los muebles con sus fundas de tocuyo y toda la ciudad adormilada, levantándose tarde, durmiendo siesta, acostándose temprano, amodorrados, poca gente en la calle, este domingo de verano en la mañana... y ella lo envuelve en la sábana.

—Le hice empanadas.

—¿Empanadas?

—Que le gustan tanto.

—Claro, pero... ¿Que no te dijo mi mamá que como parte del castigo no me hicieras ninguna cosa rica que comer?

Encogió los hombros al comenzar a refregarlo.

—Bah. Tenía ganas. No me acuse, don Alvarito.

Él se ríe. Lo refriega con mucha suavidad, la cara de la Violeta muy cerca de su nuca, él dándole la espalda como si temiera que todo esto no fuera más que una equivocación terrible..., por si acaso todavía no, todavía no, puedo estar equivocado y la Violeta se puede enojar. Esperaré una señal. Mejor mirar las moscas que zumban en los vidrios. Y el frasco azul... Mejor no hacer nada. Que ella lo haga todo, sobándole la espalda con la toalla peluda y el cuello y le dice que levante los brazos, y entonces, por detrás, pasándole la toalla por las axilas, comienza a secarle el tórax y para hacerlo apoya sus pechos en su espalda, dos, dos pechos, dos puñados de carne caliente latiendo a su espalda, y las manos de ella, cubiertas por la toalla, sobándole el pecho, la toalla blanca espesa y un poco húmeda, pero la mano viva bajo ella descendiendo hasta su estómago y se acerca más y más sin que él se dé vuelta todavía aunque el miedo está extinguiéndose bajo la presión de esas manos que se acercan a su sexo erecto que se duele de deseo, secándolo y sobándolo y su respiración caliente en su oreja, confiándole ahogada que a ella le da pena que su mamá lo deje sin nada bueno que comer y entonces decidió que los dos van a festejar juntos, porque este domingo solo en la ciudad, solos ellos dos en medio del verano ardiente, hoy, este domingo, ella cumple veintidós años y quiere celebrar con él, porque está solo, y ella también está sola.

Por eso las empanadas dorándose: fiesta.

Y cuando por fin las manos de la Violeta tocan su sexo, entonces se da vuelta y ella está con los ojos cerrados ya abrazándolo desde antes, desde siempre, y él escondiéndose en esa carne que lo abrasa y que lo acaricia entero como los dedos y la carne del agua de la tina, pero mejor, tocándolo por todas partes, refregándose entera a él, esa carne brotada de la blusa que él rajó y de allí, desde abajo de ese ligero vestido de verano que cae, sale pleno el aroma a esa masa blanca dorándose, este domingo como ningún otro, el aroma del cuerpo de la Violeta pegándose al suyo, y diciéndole pobre, pobrecito que no le dan cosas ricas que comer, pobrecito que lo dejan castigado sin ir al campo, pobrecito, igual que yo, que es mi cumpleaños y estoy lejos de mi casa en el campo y aquí nadie sabe ni le importa, todos lejos, por eso quiero tocarte, no tengas miedo, que a mí también me gusta que me toques en esta casa tan sola, la puerta con llave y nadie más que nosotros moviéndonos en esta casa tan grande y tan sola, nosotros solos, abrazados en este cuarto tan lejos de todo, de tu campo y de mi casa en otro campo y de mi padre que siempre se enoja y de tu madre que lo sabe todo sin que nadie le diga nada, cosiendo allá en el campo debajo del parrón.

—No, con su mano no...

—¿Cómo?

—Tú, tú...

Yo. Esto que te va penetrando soy yo. Todo yo. Nada de mi yo queda afuera. Tú y yo solos este domingo en la mañana, pero no muy temprano, esta mañana lenta y larga porque se puede extender por todo el día y toda la noche...

Álvaro despedía a su padre los viernes por la tarde en la entrada de la casa empinándose para besar la mejilla de don Álvaro, jurándole que quería ir al campo. Que por favor lo llevara. Que le dijera a su madre que le juraba que allí también estudiaría, que los duraznos y las uvas y los primos y los caballos y los paseos y la piscina..., papá, lléveme. No, hijo, lo hago por tu bien. Los castigos son los castigos y la disciplina, la disciplina. Álvaro nunca supo el origen de las lágrimas que acudían a sus ojos entonces —la voz de su padre temblaba al verlas. Y le corrían por las mejillas..., sí, papá, le juro que aprovecharé este fin de semana para estudiar de veras, le juro que el lunes, cuando usted vuelva, yo ya comprenderé toda el álgebra. Sí, si sé que es todo por mi bien... pero el campo es el campo y el verano se ha hecho para pasarlo en el campo y no en esta ciudad que parece estar derritiéndose bajo el sol. Y después que Álvaro le besaba la mejilla, la Violeta, esperando unos pasos más atrás, le entregaba el sombrero que había estado limpiando con una escobilla.

—Hasta el lunes, Violeta...

—Hasta el lunes, señor.

—Cuídame al niño.

—Sí, señor.

—Que no se distraiga.

—No, señor. Saludos a misiá Elena, señor...

—Sí, saludos a mi mamá, papá...

—Hasta el lunes, Álvaro.

Cerraba la mampara y partía. La Violeta le echaba llave a la puerta y le ponía pestillo por dentro. Entonces, volviéndose hacia Álvaro que la esperaba, los dos, riéndose, se abrazaban allí mismo, en el umbral de donde recién se desvanecía la figura de don Álvaro. Esa noche celebraban su partida con una cena opípara preparada por la Violeta y financiada con sus ahorros. Después, los dos se metían en la cama en el dormitorio de Álvaro y pasaban la noche juntos.

A veces la Violeta lo invitaba a un cine. No a un cine de centro, donde algún pariente rezagado en la ciudad pudiera reconocerlo, sino a algún cine de barrio, de esos que dan dos o tres películas viejas muy cortadas. Iban a las localidades más baratas, arriba, cerca de la cúpula, donde muchas veces no había más asientos que las gradas de madera, y ellos, sentados muy juntos, sin jamás tomarse de la mano, lo comentaban todo riéndose: ellos dos en medio de la gente, en la gran cavidad del cine oscurecido. Y por las calles casi abandonadas en la noche tibia regresaban a la casa hablando de los artistas. Como la Violeta tenía la llave del ropero donde estaba guardada la ropa, ella abría el ropero el viernes, y durante el sábado y el domingo Álvaro andaba hecho un figurín. El domingo por la tarde la Violeta lavaba las camisas usadas, guardándolas cuidadosamente, no se le fuera a ocurrir venir a la ciudad a la señora y se diera cuenta de algo. Mientras planchaba, Álvaro se sentaba encima del canasto de la ropa sucia, comiendo una manzana. La Violeta le enseñó a bailar el fox y el tango y el shimmy. Y más tarde, en la noche, ella le servía la cena en el comedor, él sentado a la cabecera en el puesto de su padre, y mientras ella lavaba los platos y cenaba en la cocina, él se iba a acostar. Ella llegaba más tarde. Se paraba un segundo para mirarlo en la penumbra, y desvistiéndose se metía entre las sábanas, pegada a su cuerpo, rodeándolo con su carne fragante y dura que lo abrazaba, y se ríe mientras él también abraza y ríe. Después encendían la luz y él le decía tengo hambre y ella iba a la cocina a buscar algo rico que le compró, duraznos o un pastel, y él come y fuma, y ella desnuda lo sirve y después se tiende de nuevo en la cama con la luz encendida. Álvaro examinaba el sexo de la Violeta, y le preguntaba cosas, cómo, por qué, dónde, y ella juega con su pene joven, y después, porque hace calor, a la tina o la lluvia se ha dicho, jugando a los hermanos siameses o a los submarinos o a los perritos y dejando todo el baño mojado. Después se secaban el uno al otro y secaban el baño y se acostaban de nuevo y se quedaban dormidos juntos, abrazados, la ciudad silenciándose más y más, vacía porque era verano, tibia, y antes de dormirse Álvaro sentía en la calle los pasos de algún rezagado que se iba a su casa, tal vez fumando el último cigarrillo de la noche, la frente un poco transpirada y la chaqueta sobre el hombro.

Su padre se ponía furioso cuando le tomaba las lecciones. Por mucho que Álvaro estudiara nada se le quedaba en la cabeza. La Violeta jamás le dijo estudie, mire que va faltando poco para los exámenes y va a salir mal y va a tener que repetir el curso. No. Le decía, en cambio, oiga, don Alvarito, vamos al teatro, que están dando una de la Lupe Vélez, para que se distraiga de tantos numeritos que deben estar saltándole adentro de la cabeza, porque yo le digo, de salir bien va a salir bien, se lo aseguro yo, no se preocupe. Y sus ojos brillaban y sus carrillos colorados brillaban con una sonrisa y Álvaro le decía ya, bueno, ya está, vamos, pero si salgo mal en el examen es culpa tuya y te acuso a mi mamá.

—¿De todo?

—Sí, de todo.

—¿Hasta de que me probé el vestido de baile de misiá Elena anoche?

—Hasta de eso.

—¿Y de lo demás?

—También.

Ambos soltaban la risa.

Y con razón. Porque Álvaro, a quien su madre al regresar encontró más crecido, más gordo y con menos acné, salió bien en su examen, muchísimo mejor de lo que nadie se hubiera atrevido a creer. Su madre y sus hermanos y las demás sirvientas llegaron del campo: el verano terminaba y comenzaban las clases para toda la familia, y la mañana de marzo de esa llegada llena de desorden y de maletas y de atados de chales escoceses y de canastos con frutas y cajones con frascos de mermelada, y las narices despellejándose y los pelos con mechones descoloridos y las manos enrudecidas, puso fin a esa época. Álvaro, que cambió tanto durante el verano, estaba muy independiente y no era necesario decirle que estudiara —él sabía muy bien lo que hacía y por qué lo hacía.

Pero esa mañana de marzo no puso fin a su relación con la Violeta. Era difícil para Álvaro salir de su cuarto en la noche porque lo compartía con su hermano Roberto, que no hubiera entendido su ausencia. Pero hizo amigos en el colegio, con los que estudiaba de noche, se inscribió en la Juventud del Partido Liberal, que sesionaba también de noche, y así llegaba tarde a la casa. Entonces, calculando que toda la familia ya estuviera dormida, en lugar de ir a su pieza entraba en puntillas a la pieza de la Violeta. Pasaban un buen rato juntos. Pero ya no era como ese primer verano en que estuvieron solos en la casa.

A veces, cuando Álvaro iba a algún baile, en lugar de abandonar el baile de madrugada como sus amigos, se iba un par de horas antes y se metía a la pieza de la Violeta para quedarse con ella hasta el amanecer. Tiraba el frac encima de la silla, y después de hacer el amor se quedaba conversando con la Violeta, contándole las cosas del baile —que la Alicia no había querido bailar con él, que la Irene le gustaba, que había conocido a una Mónica, a una Alejandrina, seres maravillosos, frágiles, que no podía tocar porque eran niñas bien, que sirven sólo para casarse con ellas, que son delicadas como mariposas con sus vestidos de seda o de tul, y por lo tanto, al bailar, no se las puede apretar mucho por miedo a destruirlas. No como tú, que eres fuerte, que te aprieto así, que no eres sagrada porque eres una sirvienta y no puedes esperar nada de mí, como esperan ellas, porque ahora estoy en primer año de Leyes, en segundo, en tercero; las compañeras de Universidad tampoco, son feas, son siúticas, a veces son sucias o demasiado pretenciosas o atrevidas y me dan otro miedo. Y a veces con mis compañeros de curso voy a casas de putas y bebo ponche y bailo, pero nada más..., me dan miedo. Tú no me das miedo. Tú eres limpia. Y la Violeta se reía y lo abrazaba porque él ya era un hombre y estaba en cuarto año de Leyes y tenía su licenciatura, y ella sabía porque lo habían conversado muchas noches después de hacer el amor, ella sabía que los padres de Álvaro le repetían que fuera pensando en alguna chiquilla con quien casarse, hay tantas bonitas y buenas y de buena familia con las que él salía al cine, al campo, a fiestas, a cualquier parte, y en la oscuridad, si sentía que ella lo aceptaba la besaba, pero cuando mucho con la mano sobre el pecho como quien toca el corazón. El ruedo de su corazón se chamusca y le quedan vibrantes el sexo y la imaginación: entonces, de noche, tarde, lleno de deseo por la Alicia o la Pola, a quienes ha dado sacratísimos besos, entra a la pieza de la Violeta que siempre lo acepta y rueda con ella por la cama, tratando de conjurar de ese cuerpo caliente y rollizo y lleno de deseo, la finura de los brazos de la Pola, el cuello largo y la cabeza pequeña de la Alicia, los senos jóvenes apenas insinuados de la Sofía, eres la Sofía, sí, eres la Sofía, y mañana serás la Alicia y otro día la Pola, todas, poseo a todas esas muchachas imposibles en tu carne rolliza y caliente. Álvaro es un partido. Se lo ha dicho su madre. También se lo repite la Violeta: piense en casarse, don Alvarito, que ya va teniendo edad y ahora que trabaja en el estudio de don Álvaro está haciendo un poco de plata. Debe enamorarse, don Alvarito, cómo va a ser...

—¿Y tú, Violeta?

—¿Yo qué?

—¿Tú por qué no te casas?

—Ay, don Alvarito, por Dios...

Él se queda mirándola.

—¿Estás llorando?

Se incorpora preocupado. ¿Llora por él? ¿Llora por mí? Si llora por mí me voy, no la toco más. Enciende el velador para ver ese rostro que él puede estar marcando. Ella tiene los ojos colorados: asco. Vuelve a apagar pero permanece incorporado.

—No, no...

—¿Cómo no?

La Violeta no contesta. Él se tiende. Ella se pega a su cuerpo desnudo escondiendo su cara en su hombro.

—Es que...

Entonces, repentinamente, él la sacude y se incorpora. Era eso. No había querido pensar en eso durante los seis años que llevaba haciendo el amor con la Violeta. Pero era eso: un hijo, un hijo suyo con una sirvienta, tenía que ser, era eso, pasaba tanto. A un tío le pasó, al pobre: terminó su vida viviendo en un conventillo, completamente borracho porque tuvo que casarse con la china. También a un amigo de la Universidad: quedó preñada, qué le voy a hacer, y la cretina no me dice nada hasta ahora que está de varios meses, dónde consigo la plata, Dios mío, y corre de una parte a otra para conseguir la dirección de una comadrona clandestina que sea buena porque no quiere que la china se le vaya a morir, pero barata porque no tiene plata, y los amigos juntándole la plata porque las comadronas son caras. No. Álvaro está sudando. Pero no, tonto, no te asustes. La Violeta sintió el terror del cuerpo tenso junto al suyo, y lo arrastra hacia ella y lo acaricia diciéndole que no, que no tema, que ella toma precauciones con unas hierbas y unos secretos de la naturaleza que le dio una tía en el campo, no es tonta para dejarse joder así no más. Una vez, claro, sí. Pero no se dejó estar y vio una meica que le hizo unos lavados que escocieron, pero en fin, ya está. Ni un mes siquiera se dejó estar. No estaba para tonta.

—¿No estás para tonta de qué?

—Ay, pues don Alvarito...

—¿De qué pues, te digo?

Está molesto. Ha comenzado a vestirse.

—¿Pero qué no ve que estoy enamorada?

Lo tira del brazo para que se vuelva a acostar con ella, y se lo contó todo. Tiene novio. Está enamorada de un huaso, allá en el sur del rumbo donde vive su familia, de un huaso que tiene como tres años menos que ella, casi de la edad de don Alvarito. Lo ve sólo en el mes de vacaciones y el tonto nunca tiene plata para casarse, le va mal en las siembras o tiene que vender la yunta de bueyes o cualquier cosa, y entonces esperar, esperar que se levante de nuevo, hasta que se afirme, y así casarse como Dios manda. La Violeta lo quiere. Cuando está con él ella tiembla. Cuando me toca llego a tiritar.

—¿Y te toca mucho?

Él quiere que nos acostemos, fíjese, pero yo ni tonta. No quiero. Pienso en él todo el tiempo pero me resisto y cuento los días, quién sabe hasta cuándo, hasta que se afirme y nos podamos casar. No se entrega. No quiere que piense mal de ella. Si se entregara, el huaso Marín no la querrá para bien, así es que prefiere esperar así, aguantar las ganas pensando en él todo el tiempo..., y me volvía loca ese verano pensando en él todo el tiempo sola en la cama, aquí en la ciudad, me volvía loca, hasta que lo encontré a usted pues, don Alvarito, y cuando usted me toca y me hace de todo pienso en él. Usted es él, el huaso Marín. Y entonces, cuando voy al campo puedo resistirme y hacerme la santa y él me cree y me escribe y me espera para que nos casemos, porque de otra manera él no va a querer casarse conmigo.

Alvaro dio un suspiro de alivio. Quería decir, entonces, que entre ellos no existía otro vínculo que este compromiso de la piel sobre la piel bajo el calor de las sábanas, y el gozarse en los olores y roces mutuos. Era maravilloso porque así, a pesar de la intimidad, ambos quedaban intactos —poniéndose un límite, señalando un porte para las cosas, uno quedaba a salvo. Ella lo usaba y él la usaba, y ambos lo sabían —si no se hubieran encontrado ese verano, ambos, cada uno por su lado, hubieran reventado. Ambos eran inofensivos. La Violeta sabe que jamás, en todos los días de su vida, don Alvarito se enamorará de ella porque él siempre está enamorándose de las muchachas con que sale. Ella tampoco. No lo ama como a Marín. Ella quiere volver a su aldea a casarse con el muchacho de la aldea y tener una familia en la aldea y ser una señora de la aldea como lo son su madre y sus tías, como lo fueron sus abuelas y bisabuelas..., una señora gorda de la aldea, gritona, desdentada, deslomándose con el lavado en la acequia, llenándose de chiquillos, peleando con el marido borracho, amargada porque nunca hay suficiente plata en la casa. El ideal. La norma, lo respetable, lo deseable, el destino para que nació, el lugar del universo donde ninguna duda la asaltará porque es el lugar que le corresponde.

Álvaro se quedó un poco sorprendido y un poco tieso con esta confesión antes de asimilarla, pero después casi ahogó a la Violeta entre sus brazos porque él hacía exactamente lo mismo con ella. Iba a fiestas, pasaba la tarde lustrando sus zapatos, eligiendo una de las camisas que la Violeta le planchaba como nadie en el mundo era capaz de planchar una camisa blanca, dejándola suave al tacto y al olfato, y salía con la Pola o la Virginia, iba a comidas, a fiestas, al cine, a la ópera, al teatro, iba a la oficina y a sus estudios y a la Federación de Estudiantes y lo llamaba por teléfono la Alicia o la Sofía o la Cecilia y las atendía la Violeta en el teléfono, sí señorita Pola, está estudiando y me dijo que lo interrumpiera sólo en el caso de que usted llamara, cómo no señorita, un minuto, ya viene. Y cuando en la tarde salía en auto con la Pola y la besaba, sentía que el chamuscado de su corazón iba a transformarse en hoguera, que la quería porque era linda y elegante y hablaba su idioma y el de los suyos, y tenía sus valores y los de los suyos. Entonces el deseo de tenerla para sí lo azotaba: ella era virgen y muchacha decente y sus padres conocían a los suyos de toda la vida y si se casaban nada canbiaría, todo seguiría como siempre. La quería por todas esas razones que no eran importantes sino confusas y un poco ridículas y jamás se las confesaría a nadie más que a la Violeta en la noche cuando regresaba después de pasear con la Pola y se metía en su cuarto para revolcarse con ella diciéndole Pola, mi linda, apriétame Pola que te quiero, apriétame —y la carne gorda de la Violeta se transformaba en la carne glacial de la Pola, en los pechos apenas insinuados y dolorosamente deseados, pero que sólo podía tocar y gozar en los pechos inmensos de la Violeta, que le decía, sí, sí, soy la Pola, su Pola, mijito, y la cintura delgada y ese balanceo elegante al caminar con las caderas apenas un poco adelante, como si estuviera un poco embarazada, pero desesperadamente flaca, y las encontraba por fin, en la noche, cuando toda la casa estaba en silencio, cuando la calle también se callaba, en las caderas eternas y gozosas de la Violeta. Ella era todas. La Pola, la Laura, la Alicia, sus primas..., todas.

También era la Chepa.

Cuando la conoció, para Álvaro se detuvo el sol. Le parecía imposible que una sola muchacha reuniera todas las cualidades que él deseaba. La orquesta tocaba "Poor Butterfly" y las parejas movían las piernas para allá, para acá, para allá, para acá, en un cakewalk, y ella, la Chepa, al centro, vestida de rojo y el pelo como un casco de hule negro. Una nube de muchachos pidiéndole el próximo baile. Los atletas. Los millonarios. Los apellidos históricos. Los ingeniosos. Los farreros famosos. Todos los temidos. Todos mejor que él. No pidió que lo presentaran y se fue temprano del baile. La Violeta lo abrazó en su cuarto. Él la dejó hacerlo mientras le hablaba de la Chepa.

—Qué me va a dar un baile a mí...

—Por qué dice eso...

—Imagínate qué competencia soy yo para ésos...

—Pero si eres maravilloso.

—Cómo no. Ríete de otro.

Ella lo abraza. Le aprieta el miembro entre las piernas, lo acaricia, lo hace revivir, olvidar el baile, olvidar el miedo. Álvaro acepta las caricias y las devuelve.

—Tú, tú... tan grande que eres... Tú...

Después él sigue hablándole de la Chepa. No la ama. Pero la puede amar. La va a amar. Lo tiene todo para amarla. En la próxima fiesta él se abrió paso entre los temibles que la rodeaban pidiéndole bailes —él, delgado, con sus facciones aguileñas, con sus modales reposados, tímidos, le solicitó el undécimo baile.

—¿Por qué el undécimo?

—Porque...

—No, éste...

Cuando comenzaron a girar en el salón ella le confesó que éste se lo había pedido Pedro Salinas, pero Pedro se reía tan fuerte y tenía manos de cargador. Lo había elegido a él, a Álvaro Vives, para suplantarlo. Entonces se atrevió a pedirle más bailes. Muchos más. En todas las fiestas: a ella, la más linda de todas. Ese pelo como un casco negro. Esa piel de yeso. Esas facciones un poco duras, arquitectónicas y el tajo de la boca oscura. La más linda. La más rica. La mejor en todos sentidos. En la noche, en el cuarto, le decía a la Violeta:

—Me voy a casar con ella.

No la ama. Pero la va a amar. De eso está seguro porque ella tiene todo para amarla y representa lo mejor, el punto más alto de su mundo. Le falta un año para recibirse de abogado. Está trabajando en la famosa notaría de su padre. Mañana saldrá con ella al parque, en el auto. Siquiera tocarla. ¿Cómo será tocarla? Prometió prestarle *Marianela*. Ella le prometió *La robe de laine*. A ninguno de los dos le interesaban las novelas, pero por algo hay que comenzar. Y en las fiestas, más y más, se lo pasaban siempre juntos, bailaban un shimmy, luego se sentaban a conversar, y los muchachos ya no se acercan tanto a pedir bailes porque saben que ellos son pareja. Se lo dijo a la Violeta.

—Cásate...

—¿Sí?

—No seas tonto...

—Es tan, cómo te diré...

—Cásate...

Álvaro abrazó a la Violeta para sumergirse en esa carne sin adjetivo, carne pura, gozosa, para buscar allí el cuerpo delgado y fresco de la Chepa. Se casaron a los dos meses.

Con el canasto de las empanadas en la mano Álvaro se detiene bajo el ilan-ilang para mirar por el balcón del segundo piso, pero se tiene que alejar un poco y moverse hacia la izquierda para ver lo que sucede en la pieza del mirador.

El séquito de sus cinco nietos, acercándose al balcón abierto de par en par, sigue a la Chepa, que encabeza la procesión agitando un incensario imaginado. Luego los tres nietos hombres llevando una almohada en posición horizontal cubierta de flores, lamentándose, cantando un himno, y las niñitas atrás gimiendo. La solución de la charada es fácil: Funerailles, antigua procesión funeraria, la ha visto en alguna parte, detenida y a todo color. Los movimientos de estos personajes trágicos son lentos y el andar majestuoso. Están vestidos con jirones de terciopelo, con cortinas drapeadas como peplos, con palos que son alabardas, plumas que son penachos, ramas que son guirnaldas, cartones que son sables. Debajo, Álvaro alcanza a divisar los pies desnudos y los pijamas a rayas de sus nietos.

—Chepa...

Su voz no detiene los Funerailles.

Se han aglomerado en el balcón. Tan loca la Chepa, por Dios, estos niños se van a resfriar con la llovizna. Rezan. Cantan como en un trance, los ojos apenas abiertos. Los niños se lamentan, las niñitas se mesan los cabellos, caen al suelo las buganvillas de la cabeza gris de la Chepa, las de la trenza de la Magdalena, las de la cintura de la Marta. Levantan el féretro sobre la baranda del balcón: van a bajarlo a tierra. Álvaro se esconde detrás de un laurel que parece parte del paisaje clásico sugerido, porque quiere ver y no quiere que lo vean. Ya lo sueltan... Álvaro se pone una mano en el pecho. No siente su corazón apresurado: sólo la forma del lunar bajo la camisa. No. No lo entierren, por favor. Puede estar vivo, la carne, dicen, tarda tanto en morir definitivamente. Puede recuperarse. Pero han lanzado la urna precipicio abajo y sus lamentos ᵧ sus lágrimas y sus himnos ya no sirven para nada. Álvaro por fin se quita la mano de los ojos. Un auto da vuelta a la esquina patinando en el pavimento húmedo. Ahora no hay nadie en el balcón. Se acerca a los arbustos. Claro, es una almohada, él lo supo desde el principio. Ha quedado inmunda al rodar por los matorrales mojados hasta el pasto.

—Chepa...

Ahora lo oye. Los niños también salen a mirarlo desde el balcón. Álvaro recoge la almohada y la limpia.

—Mira cómo dejaron esto...

—Es vieja...

—Pero a alguien puede servirle. Por Dios, Chepa, las cosas que haces. ¿Qué no ves que la gente que pasa por la calle te puede ver en esa facha de loca? Sácate las flores del pelo. Francamente, una mujer de tu edad... Manda a alguien que venga a recoger esta almohada, está hecha una mugre.

—Ya lo echaste todo a perder.

—¿Todo qué?

—El entierro de la Mariola Roncafort.

—¿Qué tontera es ésa?

—El entierro de..., no importa. ¿Qué quieres? Apúrate, mira que me estoy helando y quiero cerrar el balcón.

—Baja.

—Ya voy. ¿Trajiste las empanadas?

—Claro, pues hija. Qué pregunta...

—¿Para qué me quieres, entonces?

—Necesito hablar contigo.

¿Para qué?

La Chepa está en la alcoba, vistiéndose. Cuando trasladó su cama hace veinte años alegó que lo hacía porque necesitaba un poco de independencia. Pero jamás cierra la puerta entre los dos cuartos, y a veces, en la noche, cuando los dos están acostados y él lee un poco para quedarse dormido, ella le habla desde su cama en la alcoba y él tiene que escuchar. Después le cuesta quedarse dormido. Y cuando se viste... la Chepa no tiene idea del pudor. Como ahora, por ejemplo. ¿Qué le cuesta siquiera juntar la puerta mientras se pone la faja?

Álvaro espera antes de avanzar, contemplando desde su cuarto la terrible destrucción de sus nalgas maltratadas por la celulitis. Hay que esperar: el portaligas, el corpiño, las medias. ¿No se da cuenta de que es obsceno? Hasta que por fin se cubre con los calzones.

—Oye, Chepa...

Con los brazos en alto se está poniendo una enagua que le tapa la cara: se desparrama ocultando la decadencia de ese cuerpo, dejando sólo la silueta de una señora cincuentona.

—¿Álvaro?

—Quihubo.

—¿Cómo estaba la Violeta?

Álvaro se sienta al borde de la cama deshecha donde aún quedan las huellas de la visita matinal de los nietos: libros de cuentos, revistas, una zapatilla, los despojos de fruta en la bandeja, y ese olor a tostadas y a café con leche que queda atrapado en las sábanas. Voy a decírselo. Voy a decírselo para que deje de sonreír como sonríe, como si todo fuera perfecto, como si este domingo fuera igual a cualquier otro domingo.

—Oye, Chepa...

—¿Qué?

¿Y si no fuera fatal?... Carraspea.

—¿Estás con tos, Álvaro?

—No. Me preguntabas por la Violeta.

—Sí.

—Está muy bien. Parece que Fausto y la Mirella por último se van a ir a vivir a la casa de la Violeta. Yo me alegro, te diré, porque la pobre está muy sola. Claro que las peleas van a ser... Conocí a la famosa Maruxa Jacqueline.

—¡Cuenta, por Dios!...

Se levanta la falda para prender la media a la liga. Descubre una sección de carne a la altura de la cara de Álvaro. Muy cerca. Con inclinarse un poco podría morder ese trozo de carne vieja entre el calzón y el comienzo de la media. Pero no desea hacerlo. Las paces que hicieron después que ella supo sus amores con la Matilde Greene nunca fueron verdaderas. Nunca se habían gritado. Esa vez se gritaron demasiado, con entusiasmo, como quien sabe que nunca más en la vida podrá volver a gritar y siente la necesidad de aprovechar esta ocasión única. En uno de esos gritos él se lo dijo todo: jamás sentí deseos por ti, jamás, ni cuando nos casamos. Ella cambió su cama a la alcoba. Mejor decirles a las niñitas que es porque tú roncas demasiado, que es la pura verdad. No, si no quiero divorciarme, cómo se te puede ocurrir pues Álvaro, no, si no te odio, aunque la Carmen Méndez también haya sido

77

amante tuya y la Picha. Qué me importa. No latees. Claro que no te odio, hombre, no seas ridículo, te estás portando como en una película de Kay Francis y francamente ya no se usa. Separemos dormitorios y sanseacabó. La alcoba era una linda pieza, chiquita, pero con un bow-window sobre los matorrrales del jardín. A la semana sus relaciones estaban restablecidas, sólo que ahora no dormían juntos. Álvaro sabía perfectamente que al final la Chepa hubiera aceptado un acercamiento suyo, aunque no se podía decir que era aficionada a los acercamientos físicos. Pero en fin, en este caso los toleraría como una señal de que el afecto no se interrumpía. Álvaro nunca se decidió a ir al dormitorio de la mujer y pasaron los años y todo continuó igual. Sólo una noche, cuando él acababa de saber del suicidio absurdo de la Matilde Greene ya vieja y fea en un hotelucho de Nueva York, se levantó para ir donde la Chepa. Al cruzar la alfombra en dirección a la alcoba la oyó:

—¿Álvaro?

La Chepa siempre se adelanta. Mantuvo la respiración. Retrocedió hasta su cama. Se quitó las zapatillas y se quedó dormido. Y al día siguiente se reencontraron con la sonrisa habitual, que duraba intacta hasta ahora.

—Oye, Chepa.

—¿Qué?

—Se me había olvidado decirte...

Se peina sentada en su tocador.

—¿Qué cosa?

Ahora se lo va a decir: ahora que ve su cara en el espejo. Le dirá lo del lunar. Cáncer. Que se va a morir. Ahora sí... Pero no se lo dice, y después del "fíjate" que abrió su frase, continuó con:

—...vi a Maya esta mañana.

Álvaro oye el clic de la peineta al caer sobre el cristal de la mesa.

La Chepa se levanta del tocador y se sienta al borde de la cama junto a Alvaro. ¿Cómo está? ¿Está flaco? ¿Qué dijo? ¿Me mandó algún recado? La Chepa pone su mano sobre la mano que Álvaro ha colocado en el pequeño trecho de sábana que los separa. Tiene los ojos muy abiertos, recogiendo toda la luz verde del jardín.

—¿Dónde está?

—Se fue.

—¿A dónde?

—¿Qué sé yo?

Ella se para.

—Tú le dijiste algo.

Él no responde.

—¿Qué le dijiste?

¿Y si ahora, en ese momento, le dijera lo de su lunar, seguiría interrogándolo sobre el famoso Maya? Decírselo... No. No puede hasta que no lo sepa con certeza, hasta que lo confirme su yerno. Entonces sí, sin duda podrá destruir a Maya con ese pequeño lunar café.

—Dime qué le dijiste...

—Mira, Chepa, ya está bueno de estos jueguitos tuyos. Se acabó. Estoy aburrido. Le dije al tal Maya que tú no querías hablar nunca más con él porque estabas furiosa.

—Le mentiste.

—Y que si lo pillaba rondando la casa o te llamaba por teléfono o cualquier cosa, bueno, que le voy a mandar los carabineros para que lo busquen donde esté y lo vuelvan a meter preso, que es donde debe estar.

—¿Le dijiste todo eso?

—Sí.

La Chepa se quedó callada un minuto antes de decir:

—Maya es peligroso.

Álvaro se puso de pie.

—Yo también.

Ella lo miró para arriba. La burla que él ve en sus ojos

79

lo hace sentarse de nuevo. Cuando la Chepa se rió ya no le quedaba burla.

—¿De qué te ríes?

—De ti.

—¿Pero por qué?

—De lo peligroso que eres.

Cuando se quitó de la cara el pañuelo con que se había secado una lágrima de risa, tenía el rostro tan descompuesto que Álvaro se alarmó.

—Debe andar desesperado, el pobre.

Claro. Desesperado. Maya siempre andaba desesperado. Deshecho. Por eso le interesa tanto a la Chepa. Y por eso me desprecia a mí. Por mi incapacidad de desesperarme y de deshacerme. Por el hecho de haber vivido toda mi vida sin pedirle perdón ni ayuda a esta perra echada con las tetas calientes de leche. La ve sacar unas martas del ropero y enrollárselas al cuello. Álvaro sabe que la forma en que la hubiera hecho feliz de veras habría sido resultar impotente en la noche de bodas, para así dejarla consolarlo, ayudarlo, enseñarlo. Esa noche, ella no lo sabrá nunca, casi fue impotente. Admiro a esta mujer porque es bella, porque es elegante, porque su carne está repartida en su silueta justo como debe estarlo bajo el lujoso camisón de encaje color crema, armoniosamente, según todas las reglas del buen gusto. El orgullo que sea mía, la perfección que busco en todo, aquí, junto a mí, en mis brazos, anhelante, ofrecida... La acaricia admirando, aterrado ante tanta perfección, pero inerte... Casi llega el momento de decirle perdóname, no puedo, tengo miedo de estropear tanta perfección, y entonces, seguro, ahora lo sabe, ella lo hubiera acariciado y poco a poco, perdonándolo, le hubiera devuelto la seguridad. Y lo hubiera amarrado para siempre. Pero no lo amarró. Tenía que hacer algo, huir a cualquier parte, huir para siempre y esconder su impotencia y terror bajo la tierra, huir donde nadie le exigiera nada, donde nadie lo buscara: la pieza de la Violeta. Allí lo esperaba esa carne conocida, no respetada; objeto de goce y nada más, carne que no se proponía unirlo a ella más que para el goce momentáneo. Apaga la luz. Cierra los ojos. La respiración de la Chepa junto a la suya es inexistente. La Chepa es inexistente bajo el camisón color crema. No es la dueña de esa piel que sus palmas fervorosas quieren remover para sacar de allí otra piel, otra carne abundante y sonriente y aceptante. La Violeta. No es la Chepa la que se estremece en sus brazos, esperando, es la Violeta. Acaricia una axila, sí, sí, es la axila de la Violeta y si es la axila de la Violeta es la Violeta entera, Violeta, mijita, Violeta, ponte así, tócame por acá, ahora aquí mijita. Y cerrando los ojos..., sí, si puedo, y duro ahora y seguro hizo el amor con la Violeta en la carne ignorante de la Chepa.

—Ya no aguanto más, Chepa.

—¿Qué no aguantas más?

—Este asunto tuyo con Maya.

—No te metas en mis cosas.

—Pero, Chepa...

—Mira, Alvaro, tengo derecho a ocupar mi tiempo como se me dé la real gana.

—Pero con ese roto de Maya...

No contesta. Se está poniendo los guantes.

—¿Y yo Chepa?

—¿Tú qué?

—Yo...

—Déjame pasar que voy a salir.

—Yo siento...

—Sabes perfectamente bien que no me interesa.

La encaró:

—Claro. Jamás te interesé. Si eres frígida.

La Chepa se detuvo y se dio vuelta.

—¿Qué sabes tú lo que soy yo?

De pronto Álvaro tuvo miedo: sí, no sabía. Nunca había sabido. Pero mientras ella daba un paso hacia él y volvía a encararlo junto a su lecho revuelto, en la luz verde del jardín, era como fiera en la selva. Tuvo que retroceder un paso. Cayó sentado sobre la cama.

—Estás enamorada de ese Maya.

La Chepa queda mirándose muy tranquila en el óvalo del espejo de su ropero. Empuja la puerta para que cierre bien. Sonríe mientras acaricia las martas alrededor de su cuello. De pronto su sonrisa se hace festiva.

—Sí. ¿Por qué no?

—Chepa, por Dios..., eres asquerosa.

—Fuiste tú el que dijiste. Y te creo. Yo ya no sé qué porquería querrás decir cuando me dices que estoy "enamorada" de Maya. ¿Pero sabes? No me horroriza nada, absolutamente nada de lo que incluyas en esa palabra. Todo puede ser cierto. La tonta de la Fanny dice que estoy enamorada de Maya y se lleva embromándome. Pero esto que tú dices es distinto. Nadie, nunca, ni tú ni las niñitas ni mis padres ni mis nietos, nadie, nadie me ha..., bueno, nadie nunca me ha interesado tanto como Maya.

—Degenerada..., y yo muriéndome...

—No me hagas reír. Tú nos vas a enterrar a todos. Te cuidas como a una joyita.

—A tu edad, caliente con un roto...

—Déjame pasar.

Él la siguió.

—Chepa. Me estoy muriendo.

—Déjame.

—Te muestro.

—¿Qué cosa?

—El lunar encima de mi tetilla.

—Lo has tenido toda la vida.

—Está creciendo.

—No te creo.

La Chepa está abriendo el garaje.

—¿Dónde vas, Chepa?

—A buscar a Maya.

—Te lo prohíbo. Estoy enfermo, te digo.

—¿No te das cuenta de que después de lo que le dijiste Maya debe andar desesperado y puede hacer alguna barbaridad espantosa? ¿No te das cuenta?

—¡Qué me importa!

—A mí tampoco lo que tú sientes. Y francamente, Álvaro, ni aunque te estuvieras muriendo, este domingo, dejaría de ir a buscar a Maya.

—¿Dónde vas a encontrarlo?

—No sé. Pero ahora que sé que está vivo...

—¿Para qué vas, Chepa, por Dios?

Cerró la puerta del auto.

—No sé para qué.

LOS JUEGOS LEGÍTIMOS

¿Por qué los llamábamos "los domingos" en la casa de mi abuela? Los domingos eran cortos, oficiales, exigían nuestro mejor comportamiento, el pelo peinado y las manos limpias. Nuestros padres llegaban alrededor de las once. Se instalaban en las mecedoras o en las gradas del porch si hacía sol, mi madre arreglándose las uñas, mi tía Meche leyendo el diario y mi tío Lucho rasmillando el pasto para enseñar el uso del drive a mi padre. Nosotros teníamos que estar a disposición de la familia y de las visitas. Terminada la larga sobremesa del almuerzo, a veces un poco más tarde, de nuevo regresábamos a nuestras casas.

Los sábados eran distintos porque eran completamente nuestros. Nos depositaban frente al portón de madera verde y mi padre y mi madre, mi tío Lucho y mi tía Meche, se iban por su lado a hacer sus cosas. Después de la ceremonia con la Muñeca nadie nos prestaba atención: teníamos toda la casa de mi abuela abierta al antojo de nuestros juegos. Después de comida los tres primos hombres subíamos a dormir en la pieza del mirador. Poco a poco mi abuelo y mi abuela y las sirvientas iban apagando las luces de sus cuartos, dejando el prado y los matorrales oscuros. Entonces mis primas, en camisón de dormir, subían al mirador a jugar con nosotros. Estoy seguro de que mi abuela sabía de estas visitas prohibidas, pero jamás dijo nada para no estropearnos el placer de la clandestinidad. Era el tipo de placer que entendía. Le gustaban lo que nuestros padres llamaban nuestras "rarezas", y para defenderlas, no permitía que nos regalaran juegos organizados como pimpón, ludo, carreritas de caballos, dominó o cosas así.

—No quiero que les estropeen la imaginación a los niños. Quiero que ellos mismos aprendan a buscar en qué entretenerse. Son lo suficientemente inteligentes como para inventar sus propios juegos.

Cuando no había visitas mi abuela se sentaba a la derecha de mi abuelo en la mesa, y al lado suyo mi madre y mi tía Meche, y por el otro lado de la mesa mi padre y mi tío Lucho, que hablaban de política mientras el lado femenino de la mesa discutía cosas que nos tocaban más de cerca.

—Las cosas de mi mamá, complicarse con los juegos de los niños. No hay nada que le guste más que complicarse la vida y complicársela a los demás.

—Claro. Usted tiene tiempo pues mamá, y una casa grande. Pero imagínese nosotras con una sola sirvienta y viviendo en departamentos, sería un infierno que los chiquillos se pusieran a desordenado todo con juegos raros. Usted no tiene nada que hacer.

No era verdad. Mi abuela tenía mucho que hacer con los problemas de su población y de sus pobres. Con frecuencia veíamos a alguna mujer desdentada acarreando en sus brazos un par de mellizos que chillaban. Tocaba el timbre y pedía hablar con ella. Sabíamos que toda la semana correteaba de un lado para otro en su autito con los encargos de sus pobres. Pero siempre, a pesar de sus preocupaciones, se daba el trabajo de buscar alguna cosa que regalarnos para Navidad o para el día de nuestro santo que fuera totalmente inusitada. Un año recorrió la ciudad entera buscando un taller donde le hicieran bolitas de cristal con mi nombre adentro: yo, el único de la familia y del colegio que poseía semejantes tesoros. Una vez les regaló a la Marta y a la Magdalena un vestido recamado de pedrerías a cada una, vestidos de baile de cuando ella era joven. Y jamás olvidaré aquella Navidad en que nos hizo un regalo a todos: una llave enorme, con una pesada empuñadura barroca y el fuste de fierro mohoso, llave de castillo, de tesoro, de monasterio, de ciudad, de santabárbara. Nos dijo que buscáramos por toda la casa la cerradura que esa llave abría. Buscamos durante varios domingos sin encontrar nada, hasta que por fin dimos con una alacena en el subterráneo. La puerta rechinó al abrirla. Mi abuela se debe haber preocupado hasta de ese detalle. Y cayó a nuestros pies una catarata de vejestorios que hicieron nuestro deleite porque se sumaban a nuestros juegos en vez de distraernos de ellos.

La Antonia estaba sirviendo el "postre al revés".

—Tan de mi mamá el regalo.

—Vive perdiendo el tiempo en cosas así.

—Y después en el colegio los niños no se concentran y sacan malas notas en las pruebas de cosas útiles, como matemáticas.

Mi tío Lucho perdía el hilo de su discurso político al servirse postre, y como era conciliador le decía a mi tía Meche:

—Ya estás peleando con tu mamá.

—Es que tú no sabes, Lucho. Me da una rabia, esto que le ha dado ahora con los niños. No vayas a creer que era así con nosotras. Ha cambiado mucho. En esa época se lo llevaba haciendo paseos y saliendo y a nosotras nos dejaba en manos de las sirvientas.

Se callaba un instante mientras mi abuelo anunciaba que se iba a su escritorio porque ya era hora de oír su ópera. Ambas se lanzaban al ataque de nuevo en cuanto él salía.

—No, si era de lo más atropelladora que hay. Acuérdate de la Rosita Lara...

Mi abuela se levantaba mortificada. Mi padre y mi tío se iban a fumar sus puros al jardín. Pero nosotros nos quedábamos atornillados en nuestras sillas escuchando, jugando con las migas sobre el mantel de granité.

—No me acuerdo...

—¡Ay, pues, Meche!... Esa vez que llegué a la casa y encontré a la Rosita Lara en mi baño, bañándose con mi jabón de Helena Rubinstein, ese que me regalaste para mi cumpleaños...

Mi tía Meche se rió.

—Le armé un boche espantoso a mi mamá. Me dijo que no fuera así. La Rosita tenía problemas con su marido, que después de recibir la paga los sábados se iba a gastarla con otra mujer. Mi mamá la estaba aconsejando para que se lo volviera a pescar y un buen día, cuando se aburrió de aconsejarla y vio que la Rosita no hacía nada, la trajo a la casa, la hizo bañarse en mi tina

89

con mis jabones, le pintó el pelo, le regaló un vestido, creo que tuyo, y la preparó para que fuera a esperar a Lara a la salida de la construcción en esa facha seductora, para que después se lo llevara derechito a la casa para darle una comida regia que ella misma le enseñó a hacer, y después, a que durmiera la siesta.

—No me acordaba nada.

—Al oír la palabra siesta nos miramos, nos dimos de codazos y salimos corriendo para reunirnos en la pieza del mirador. No recuerdo qué edad teníamos entonces, pero sé que éramos muy chicos. La idea de que la Rosita Lara, que en esa época nos parecía una anciana quejumbrosa que llegaba a llorarle miserias a mi abuela, se acostara a dormir siesta con su marido, era como para morirse de risa. Porque la siesta, en general, era algo muy extraño, un inexplicable juego de los grandes, parte de las cosas que ellos llamaban "importantes" porque nosotros no teníamos acceso a ellas. Una tarde, ansioso de que me llevaran pronto a la casa de mi abuela, me encaramé encima de una silla y un cajón para mirar la siesta de mis padres desde el tragaluz de la pieza del baño. Primero me alarmé porque creí que eran víctimas de un ataque que los hacía contorsionarse semidesnudos en la penumbra calefaccionada del dormitorio, debajo de las sábanas. Después creí que mi padre estaba hiriendo a mi madre, tal vez matándola, y pensé gritar. Pero me di cuenta de que no, que no era más que un juego, porque murmuraban palabras cariñosas. Me bajé aliviado pero con susto. Con otra clase de susto.

En cuanto llegué a la casa de mi abuela ese sábado reuní a mis primos en el mirador y les conté todo. No les pareció nada de interesante.

—Mi papá y mi mamá hacen lo mismo.

—¿Y por qué no me contaron antes?

—Porque eras inocente.

—Ahora ya no eres inocente.

La Magdalena y Alberto habían tratado de hacerlo juntos pero no les resultó porque se morían de la risa. Se aburrieron y no volvieron a intentarlo. Además un compañero de colegio le explicó a Luis que si hacía lo que se hace para tener hijos entre hermano y hermana, salen monstruos, injertos de sapo en gato, o niños con cabezas descomunales, idiotas y perversos. Sucedía también si se hacía entre primos, de modo que yo también quedé descalificado. Llegamos a la conclusión de que los grandes fingían que las cosas hechas a la hora de la siesta eran importantes para aprovecharse de nosotros, para hacernos obedecer y estudiar. A veces, de intento, Luis o mis primas le pedían algo a mi tía Meche justo antes de la siesta. Ella se enojaba. Era evidente que ella y mi tío Luis iban a hacer algo "importante" encerrados en su dormitorio.

Mi abuela, en cambio, nunca estaba demasiado atareada para atendernos y jamás dormía la siesta. La idea de que lo hiciera con la Muñeca nos llenaba de horror. Los sábados y domingos, por lo menos, era enteramente nuestra, atenta a cualquier llamado o exigencia. Aunque estuviera encerrada con un comité de mujeres en la pieza del piano, las dejaba hasta que nosotros ya no requeríamos su presencia. Después volvía donde sus mujeres: cuatro planchas de calamina para la Carmen Rojas, te las puedo conseguir a mitad de precio en la fábrica. Un kilo de lana colorada para la Amanda, para que teja algo para vender, a ver si así se puede ayudar un poco. Una tarjeta para que la Benicia ponga a su chiquilla en el colegio de las monjitas que cuidaron a mi mamá cuando se murió, nada de tonta la chiquilla, hay que ayudarla. Si las mujeres se topaban con alguno de nosotros al salir de la casa, se extasiaban ante nuestras perfecciones:

—Tan linda la Magdalena, Dios la bendiga, igual a misiá Chepa. Y la Martita, tan gorda y tan rubia, si es igualita a la Shirley Temple. Tan buena su abuelita, mijita, Dios la guarde, si cuando se muera la vamos a hacer animita y va a ver no más que va a ser la más milagrosa de todas.

A veces, algún domingo de invierno, al regresar a casa, ya estaba oscureciendo. Desde el asiento de atrás trataba de entender la conversación de mis padres en el asiento de adelante. Junto al

91

parapeto del río, bajo los sauces desmelenados, veía arder un par de velas protegidas por un techito de latas, como una capilla diminuta. Eso era una animita. M madre me explicó que la gente ignorante que no iba al colegio como yo iba a ir al año próximo, creía que cuando una persona moría de repente, por accidente o asesinada, sin alcanzar a arrepentirse de sus maldades, el alma se quedaba rondando cerca del sitio donde murió, y si alguien prendía una vela a ese muerto en ese lugar, ese muerto intercedía ante Dios por la persona que prendía la vela.

—¿Qué es interceder? ¿Qué es Dios?

Mi padre le hizo una señal para que se quedara callada. Tanto él como mi tío Lucho eran científicos, muy modernos, y a pesar del escándalo que hizo mi abuela, no permitieron que nos bautizaran. Tenían prohibido que nos hablaran de religión y que nos enseñaran a rezar. Pero mi abuela no tenía nada que ver con prohibiciones: nos hizo bautizar, a mis primos y a mí, en secreto, y nos contaba cuentos de ánimas y santos y aparecidos. En el colegio no íbamos a clase de religión porque nuestros padres así lo dispusieron. De modo que vivíamos en lo mejor de dos mundos: compartiendo, por un lado, el terrible secreto de mi abuela de habernos bautizado, y por otro lado gozando de la atmósfera lívida, levemente teñida de criminalidad, que nos rodeaba por ser los únicos que no íbamos a clase de religión. Que mi abuela estaba destinada a ser animita milagrosa lo contamos en el colegio, llenos de orgullo. Y de alguna manera nos parecía propio que ella, más que nadie, muriera en un accidente o asesinada, o de algún otro modo glorioso, no metida en una cama, pálida y exangüe, que era el modo que sabíamos que morían las abuelas. Pero claro, esto era cuando jugábamos a que iba a morir, porque sabíamos muy bien que no iba a morir jamás.

Los sábados de invierno pasábamos largas tardes encerrados en el mirador. Escuchábamos el tamborileo de la lluvia sobre la calamina del techo, y el estremecimiento de las hojas del níspero, que jamás, ni cuando los acacios eran plomizos como una *humareda, botaban sus hojas tan finamente detalladas. Una enorme alfombra de Bruselas desteñida hasta el color de una galleta, recuerdo de otra casa y de otros tiempos aun más increíblemente espaciosos que los tiempos y la casa de mi abuela, extendía por el suelo los espectros de sus medallones y de sus complicadas calabazas. Aquí nos sentábamos, junto al balcón, más allá del armario, entre las camas, en alguna fortificación construida con viejos tomos despanzurrados. Jugábamos mucho a algo que llamábamos "las idealizaciones". Yo le decía a la Magdalena:*

—Eres ideal.

Ella preguntaba:

—¿Por qué?

—Porque eres la reina de la China.

Apagábamos todas las luces menos la de un velador. La estufa de parafina alrededor de la cual nos sentábamos lanzaba los reflejos de sus calados sobre nuestras caras y una gran roseta de luz al techo. En la penumbra tibia y un poco hedionda de ese rincón que fabricábamos en la pieza del mirador, cualquier transfiguración era posible. La Magdalena, entonces, escarbaba en baúles y cajones para sacar trapos, se pintaba los ojos, se colgaba adornos, hasta que quedaba transformada en la reina de la China. Pero no nos mostrábamos satisfechos. Luis decía:

—Eres ideal.

—¿Por qué?

—Porque eres alta y lánguida.

La Magdalena era muy bajita. Pero con esta exigencia de Luis, y sin dejar de ser la reina de la China, tenía que caminar como si fuera una mujer muy alta y muy lánguida. Nosotros la criticábamos. Si en cualquier momento dejaba de ser china, o dejaba de ser alta y lánguida para complacer los "eres ideal" que los demás le exigían, entonces tenía que pagar con una penitencia. En el caso de la Magdalena esto consistía en ir al cuarto de las herramientas y dejar que Segundo le palpara las piernas. Después ella nos tenía que contar todo.

De una de estas estilizaciones nació la Mariola Roncafort. Estábamos idealizando a la Marta, que no tendría más de nueve años. A nuestras exigencias de frivolidad, de elegancia, de enamorada y qué sé yo de cuántas cosas más, ella, que tenía imaginación y desparpajo de actriz a pesar de su gordura, iba dando satisfacción tras satisfacción. ¡Cómo movía las manos, los pies! La languidez de su pose al apoyarse en la jamba, su éxtasis al tenderse fumando sobre los cojines, cómo aspiraba los perfumes de imaginarios pebeteros, la caricatura de exotismo y riqueza obtenida con unos cuantos trapos, con unos cuantos cordones con borlas y flecos robados de una poltrona y unas plumas arrancadas de un plumero. Teníamos que bajar la llama. Nos pusimos abrigos, chalinas, calcetines de lana, nos protegimos con cojines y frazadas para poder seguir gozando con la idealización de la Marta, aun después que la llama de la estufa se apagó. Ella arregló en medio de la alfombra la lámpara del velador y la cubrió con papeles rojizos. Arrastrando capas y collares, bailó, amó, viajó: era una de esas mujeres fabulosas que veíamos retratadas en las páginas de los Vogue pretéritos, tendidas entre las plantas de sus loggias mediterráneas. Hablaba francés sin hablarlo. Se enamoraba de una sombra y la seguía al África a cazar tigres, a París a bailar, a bordo de yates y aviones, celebrada por todos, pintada por los grandes pintores, altanera, fabulosamente lujosa.

—Eres ideal.

—¿Por qué?

—Porque te llamas...

La Marta titubeó. Flotaba por el ámbito que había creado en la penumbra del mirador. Buscaba una identidad, un nombre, una línea que rodeara su creación para envolverla y separarla y conservarla. Marta levantó una ceja, estiró un brazo lleno de brazaletes:

—Yolanda... María: María Yolanda. Marí-Yola. Mariola. Mariola Roncafort...

Y luego, alzando un hombro y pegando su barbilla contra él,

cerrando a medias los ojos y avanzando por la pieza con el brazo estirado, sus labios emitieron unas sílabas de desprecio infinito, de soberbia satisfacción:

—Ueks, ueks... ueks...

¿Qué oímos en esa sílaba que la adoptamos inmediatamente como símbolo de algo, de estar bien, de seguridad total, de belleza, de soberbia? Era perfecta en labios de la Mariola Roncafort. Lo aclaraba todo, lo hacía todo, aunque no sabíamos qué aclaraba ni qué decía.

Desde ese día la Mariola comenzó a vivir con nosotros una vida muy compleja y muy definida. Dejamos de jugar a las idealizaciones porque ese juego no había sido más que una forma de buscar, y habíamos encontrado. Nos dedicamos a crear y a vivir el mundo y la vida de la Mariola Roncafort. Ella era ueks. Y los ueks eran gente tan increíblemente bella y dotada, tan rica y atrevida, que los demás seres sólo podían amarlos, admirarlos, bañarse en su luz, en esa luz a la que cada sábado, cada momento en que nos reuníamos los cinco, Alberto y Luis, la Marta, la Magdalena y yo, íbamos agregando detalles que la hacían más vívida. La Marta no era la Mariola. Nadie era la Mariola. Existía sólo en nuestras conversaciones, y a pesar de que de las revistas recortábamos barcos vikingos que ella mandaba construir para navegar entre los intrincados medallones desteñidos de nuestra alfombra, su esencia estaba en nuestras palabras, en nuestras conversaciones. Le fabricábamos palacios africanos totalmente blancos para que fuera allí a curar una debilidad pulmonar. Dibujábamos los detalles de sus collares, de sus aviones. Construíamos castillos rosados con los tomos de la Revue des Deux Mondes en el medallón más grande, más importante de la alfombra, que era la situación geográfica de su reino. Astrónoma y pescadora submarina. Enferma del pulmón después que nos llevaron a ver La Traviata y bailarina expresionista después que nos llevaron a ver los Ballets Jooss. Sus aventuras con Segundo y con la Muñeca eran interminables, porque ella también bajaba a mezclarse con los mortales. Pero su mun-

95

do era el de los ueks, el mundo de los bellos, de los elegidos. Pronto mi abuela y las sirvientas, y creo que hasta Segundo, empleaban el adjetivo ueks, que pasó a ser palabra del vocabulario familiar.

La Antonia me dijo esa tarde, bajo el ilang-ilang:

—Te ves muy ueks con tus pantalones de golf nuevos.

Y mi abuela:

—Cuidadito con hacer ruido allá arriba, miren que va a venir una señora muy ueks a tomar té.

Luego, alrededor de la Mariola Roncafort y su mundo de los ueks fueron surgiendo otros mundos, otros personajes. Los "cuecos", por ejemplo, cuyo mundo geográfico ocupaba el medallón directamente opuesto al de la Mariola en nuestra alfombra: era gente fea y modesta, de piernas gordas y cortas, generalmente crespos, y siempre insoportablemente tiernos. Pero bajo ese exterior almibarado e idiota, los cuecos podían ser, y a veces eran, perversos e intrigantes. En las guerras que los ueks peleaban en el inmenso medallón central de nuestra alfombra, los cuecos se mostraban cobardes, pero sanguinarios e hipócritas. Las mujeres eran excelentes nodrizas. Los hombres, cocineros de primera clase. La Mariola elegía para todos sus palacios cocineros que fueran del país de los cuecos. Esto le acarreaba líos interminables de espionajes y envenenamientos y traición y fidelidad heroica cuando los ueks estaban en guerra con los cuecos.

Luego, fueron los "hombre-hombres": profesionales dedicados como nuestros padres. Gente seria. Algunos hablaban muy fuerte. Lo sabían todo y fumaban puros. Se daban palmotazos en la espalda diciendo:

—Gustazo de verte, hombre. ¿Y la señora cómo está? ¿Bien? Me alegro, pues, hombre. Salúdamela. Mira, hombre, tengo un negocio que proponerte, que creo que puede convenirte. Pero hombre, qué estamos haciendo parados aquí en esta esquina. Vamos a tomarnos un traguito en este bar.

Los hombre-hombres invariablemente les decían a los niños como nosotros que se parecían mucho a sus padres, con los que por regla general habían estado en el colegio. Conocían a los políticos. A los Ministros de Estado y a los cantineros los llamaban por su nombre de pila. Los políticos de la Mariola eran siempre hombre-hombres.

Después, inventamos otros mundos, que tomaron posesión de los distintos medallones de la alfombra. Los "serafines", que eran rubios y rosados y salían primeros en la clase y lo sabían todo sin que nadie se lo dijera, pero eran tontos, sin imaginación, sin osadía, hechos como de goma-pluma. Y los "ronquitos", que ya no me acuerdo qué eran. Estos pueblos cambiaban, se destruían los unos a los otros, se conquistaban, se exterminaban. Sólo los ueks, con su reina, la Mariola, eran eternos. Y un día decidimos que la Mariola tenía que morir para transformarla en diosa.

Alguien que no sabía que a mi abuela no le gustaba que nos regalaran juegos nos regaló un Monopolio. Al sábado siguiente no lo encontramos en la casa. Mi abuela confesó que se lo había llevado de regalo a un hombrecito que visitaba en la cárcel, que estaba a punto de salir y que se volvería loco si no le llevaba algo en qué entretenerse. Además, no le gustaba que nosotros jugáramos con juegos así. A nosotros nos dio rabia porque teníamos programado introducir nuestros personajes ueks, hombre-hombres y cuecos en el inocente juego del Monopolio y hacer jugar a la Mariola, a sus enamorados y dependientes. Teníamos preparados capas y turbantes para disfrazarnos para jugar, no sé cómo ni para qué. Mi madre y mi tía Meche se enfurecieron con mi abuela. Típico, repetían, típico. A ellas les había hecho la niñez imposible con cosas así. Vistiéndolas siempre a su gusto, sin jamás permitirles elegir ni una hilacha. Obligándolas a ir a misa y a comulgar a pesar de que a ella jamás se le ocurría hacerlo.

—¿Y al mes de María, no iba yo con ustedes y con las empleadas?

—Sí, eso sí, porque la entretenían las procesiones y las flores y esas cosas, que a usted le encantan, como cosas de brujos.

A mi abuela se le llenaban los ojos de lágrimas.

—Yo tengo mi propia religión.

—¡Ah, brutal! ¿Entonces por qué nosotras no podemos tener religiones de nosotras?

Se quedó muda un instante. Después se puso colorada y su furia se alzó repentina.

—¿Tú crees que Dios es idiota? ¿Tú crees que Dios prefiere que yo me lo lleve en las iglesias oyendo las tonteras que hablan los curas y perdiendo el tiempo, en vez de ir a enseñarles a estas pobres mujeres a despiojar a sus chiquillos? Sí, Meche, a despiojarlos, tú que eres tan izquierdista. Con estas manos tan ueks, a enseñarles a hacer de comer con poca plata y a tejer y a coser para que ayuden a sus maridos...

—¿Y usted qué ha hecho para ayudar a mi papá?

Nosotros, al otro extremo de la mesa, fascinados con las acusaciones a mi abuela, aprovechábamos el calor de la discusión para quedarnos a oír más y más cosas que salían a relucir cuando mi madre y mi tía se enojaban con mi abuela. Ella se paró, sonándose las narices.

—¿Qué saben ustedes?

—Si no puede ni salir con usted, porque usted siempre anda hecha un cachafaz.

—¿Qué tiene este vestido?

—Apuesto que se lo hizo la Rosita Lara.

—Sí. Cómo son ustedes conmigo, no. Me voy al tiro donde la Fanny a contarle cómo me tratan...

Nos levantamos de la mesa y orgullosos subimos al mirador. Nosotros éramos los ofendidos. Estábamos contentos, pero callados, porque mi madre y mi tía Meche la castigaron, como a veces nos castigaban a nosotros. Nuestros disfraces vacíos cayeron al suelo. Los ejércitos de la Mariola quedaron diezmados por la alfombra. En la pared colgaba la reproducción de un cuadro en el que un séquito de muchachos y doncellas, al caer la tarde bajo la sombra de una pineta, se lamentaban alrededor del cadáver cubierto por un lienzo blanco y por flores. Pensábamos en lo *maravilloso que sería poder llorar así, arrodillados, mesándose los cabellos, tirando flores y esparciendo incienso, frente a una tragedia realmente grande bajo un atardecer dorado. Pero no pasaba nada si no lo inventábamos nosotros.*

ELMER E. RASMUSON LIBRARY
UNIVERSITY OF ALASKA

SEGUNDA PARTE

UNA mañana muy temprano la Fanny Rodríguez llamó por teléfono a la Chepa para decirle que le habían pasado el dato de que en la Penitenciaría los presos trabajaban el cuero divinamente: los mismos modelos de cinturones, sandalias, carteras y billeteras que las tiendas del centro vendían a cinco veces el precio. Como se acercaba la Navidad y ambas tenían mucha gente con quien cumplir, decidieron ir juntas a ver si así, por un precio razonable, podían comprar cosas para quedar bien con todo el mundo sin andar con correteos locos a última hora. La Fanny ya lo había averiguado todo: las visitas eran los miércoles de dos a cinco y el alcaide era un tal Bartolomé Páez, escribiente cuando don Alejandro Rosas era presidente de la Corte Suprema.

—¿Te acuerdas de él, Chepa?

—Nada...

—En fin, si necesitamos algo o no nos dejan entrar, podemos invocar el nombre de tu padre y ya está.

Las dejaron entrar sin problema. Pero a los cinco minutos en el patio de la Penitenciaría se dieron cuenta de que no iban a encontrar nada. Circularon un rato por el cuadro de sol polvoriento limitado por muros lisos y una escuadra de sombra. En los bancos pegados a los muros las visitas ofrecían a los presos paquetes de fruta o de chancho aliñado, que pronto olvidaban sobre las envolturas de diarios mientras el preso saciaba su hambre más urgente de hablar con alguien de afuera. Algunos presos con sartas de carteras y cuelgas de cinturones iban ofreciéndolos de grupo en grupo. La Fanny y la Chepa las examinaron sin quedar satisfechas: sí, qué lástima, los modelos eran los mismos que en las mejores tiendas, pero las termina-

ciones eran defectuosas, los forros ordinarios, las costuras
disparejas, o peor, algunos presos, en arranques de imaginación, ornamentaban los modelos más elegantes y senci-
llos con flores cosidas con tientos.

—¿Pero para qué le pone tanto adorno? Si no tuviera
estas flores le compraría tres de estas carteras tan bien ter-
minaditas, mira pues Fanny. Pero así no me gustan.

Y se alejaban para mirar los trabajos de otros presos.
Estaban a punto de irse cuando encontraron un preso cu-
yos cinturones les parecieron meticulosamente cosidos y
cuyas carteras eran sencillas y de formas clásicas.

—Éstas sí...

—Claro, están regias...

—¿Cuál le gusta, señorita?

—Ésta. ¿No es cierto, Chepa?

—A mí me gusta más esta otra.

—De ésas me queda una no más, señorita.

—Yo me la llevo.

—¿Y yo?

—¿Que no te gustaban más las otras?

—Sí, pero mejor que llevemos las dos de las mismas
porque después voy a encontrar raras las que yo elegí...

—Va a parecer que fuimos a una liquidación...
Protegidas por la franja de sombra mientras el preso
cargado de carteras y cinturones las miraba desde el sol
con los ojos fruncidos, la Chepa y la Fanny calcularon
cuántas carteras iban a necesitar: una para la Meche y
una para la Pina, y la Berta Lepe la secretaria de Álvaro
de toda la vida que es un plomo la pobre se muere si le regalo una de estas carteras, y otra para... en fin, mejor llevar unas cuatro, no, cinco por si acaso. Y la Fanny: una
para la Victoria y una para la Manuela mi hermana que
está medio sentida conmigo, y dos, no, una más por si
acaso...

—Son ocho de éstas.

—Me queda ésta no más...

—Fíjate. Qué lástima.

—¿Vamos?

La Fanny bostezó mirando el patio en busca de algún preso que no les hubiera mostrado sus mercancías. El preso de las carteras bonitas se dio cuenta.

—Se las puedo hacer.

—¿Para cuándo?

—¿Para cuándo las quiere?

La Chepa pensó un segundo.

—Para este otro miércoles.

—No pues señorita, no alcanzo...

—Qué le vamos a hacer entonces. ¿Vamos, Chepa? ¿No ves? No vamos a encontrar nada y hace un calor... Hasta luego, oiga.

Alcanzaron a darle la espalda antes de que el preso reaccionara. La Chepa sintió que lo que el preso de las carteras bonitas dijo estaba dirigido a ella, no a la Fanny:

—Ya está. Para el miércoles. Por el gusto de verlas otra vez no más...

La Fanny se rió:

—Qué monada.

—¿Cómo se llama usted para hacerlo llamar cuando vengamos este otro miércoles?

—Maya, a sus órdenes.

—Yo me llamo Josefina Rosas de Vives.

—Y yo Fanny Rodríguez de...

Maya escribió el nombre de la Chepa en su libretita negra, pronunciando cada sílaba en voz baja al anotar. Se despidió de las señoras y se alejó por el patio. Se detuvo a comparar mercancías con un compañero. Más allá se inclinó sobre el surtidor para beber: otro preso se le acercó por detrás y riéndose le empujó la cabeza sobre el chorro. Maya se incorporó como un resorte, con la cara descompuesta. Azotó al bromista con su cuelga de carteras. La

Chepa se llevó la mano al cuello, pero el bromista había alcanzado a hacer el quite. Maya entró a la siga del otro por entre los dos guardias que franqueaban la puerta.

—Pobre chiquillo. Tan joven. ¿Te fijaste qué monada cómo se jugueteaba con el otro?

—¡Qué se iba a estar jugueteando! Es un bruto, Fanny. ¿No te diste cuenta de que si el otro no se agacha lo aturde?

La Fanny y la Chepa hablaban por teléfono un buen rato todas las mañanas, pero fue sólo el miércoles siguiente, a la hora de almuerzo, que la Fanny llamó para decirle que la Victoria había llegado de repente del campo con uno de los niños enfermos y quería llevarlo donde el médico. Tú ves lo maneada que es la pobre Victoria. No voy a poder ir a la Penitenciaría contigo, así es que hazme el favor de traerme las carteras. Después hacemos cuentas. Al preguntar por Maya en la puerta de la Penitenciaría le dijeron que estaba enfermo.

—¿Dónde?

—En la enfermería.

—¿Puedo pasar a verlo?

—¿Usted es familiar?

La Chepa se rió de la pregunta del guardia, ignorante de las diferencias más obvias. Respondió que sí: soy familiar de Maya. Debí haberle traído fruta como los parientes. ¿Pero cómo era la cara de Maya? ¿Sería capaz de reconocerlo, de no titubear en la entrada de la sala, de adivinar cuál entre todos esos enfermos era Maya? No recordaba sus facciones. Al pasar entre las camas amarillentas desde donde la miraban rostros sin afeitar o parientes andrajosos, pasando la escupidera o sacudiendo las migas de la cama, la Chepa iba diciendo no, no, no, éste no. Y éste tampoco. Maya no sonríe. Pero algo tiene en la boca, eso ando buscando, algo en la boca, recuerdo ese algo que no sé qué es. Esta sonrisa no, tampoco... Por suerte no vino la Fanny que es tan chinchosa, se hubiera muerto con esa fetidez desinfectante, a ropa añeja, a pichi... Éste sí. Éste es Maya. El lunar.

—Maya...

Estaba tendido entre las sábanas granujientas con las manos cruzadas detrás de la cabeza y los ojos fijos en el cielo raso. Parpadeaba normalmente, como todo el mundo, sólo que un poco más lento. Tenía las facciones disueltas en su rostro despojado de tensiones: sólo el énfasis de ese lunar tan oscuro erizado de pelos en el borde del labio superior. La Chepa se sentó a los pies de la cama, pero Maya no la reconoció. Lo llamó por su nombre. Él no interrumpió el ritmo de su respiración ni de sus parpadeos. La Chepa le hizo señas al enfermero para que se acercara.

—¿Qué tiene?

—A veces le da esto...

—Está como atontado...

—Está con pensión, señora. Se queda acostado mirando el techo, no come ninguna cosa y se queda mudo. Hay que darle de comer en la boca como a una guagua. No es que ponga resistencia, eso no. Lo único es que no toma iniciativa para nada, ni para comer ni para avisarme que quiere orinar, perdonando la palabra, señora..., nada. Se queda mirando el techo no más y pasa días así y a pesar de que no es enfermedad dice el doctor que hay que traerlo a la enfermería.

—¿Cuánto tiempo hace que está aquí?

—Seis días.

—No. En la cárcel.

—¿Mayita? Uf, qué sé yo. Diez años hará que está, pues. Antes que yo.

Como Maya no podía tener más que treinta años, quería decir que estaba encerrado desde los veinte. ¿Qué habrá hecho este pobre diablo, Dios mío, para que lo tengan encerrado tanto tiempo? El conocido olor de la miseria en la cama de Maya lo siento todos los días en la población, acumulándose en los cuartos helados que nunca quedan libres de fetidez a pesar de que entran la lluvia y el viento. Y los pies en la tierra endurecida y los chiquillos patipelados con los mocos colgando siguen hediondos a pesar de que una los lava y los lava... Maya. Tan violento la semana pasada. Casi mató al otro con sus carteras. Y ahora tendido aquí como un muñeco. Pero esta inacción no es más que el reverso de la violencia del otro día, el reverso pero la misma cosa. ¿Cómo? ¿Por qué? Ella es una señora, a los pobres de la población basta ayudarlos a solucionar sus problemas inmediatos, que no tengan frío, que no tengan hambre, son las cosas que yo sé remediar. Yo sé que ellos, mis hijas y mis yernos, murmuran que soy tonta, que no los entiendo, que soy superficial. ¿Pero qué voy a hacer? Con la miseria puedo vérmelas. Y con la mugre. Eso está a mi alcance porque yo soy una pobre mujer ignorante: la institutriz no me enseñó más que a leer y a escribir y a sacar cuentas. En el piano nunca pasé del Czerny más simple y el francés se me olvidó todo. Pero a ellos les doy algo que sé, cuando les enseño que no deben seguir viviendo en la mugre, cuando les empapelo la pieza con papeles de diario porque si no lo hago yo misma ellos no lo hacen y el viento del invierno trae las pulmonías, sí, yo sé ayudarlos, déjenme ayudarlos, no, no con limosna, sino que enseñándoles a ser más limpios, a administrar la plata que les pagan, a no enfermarse..., eso nada más, porque no entiendo de política ni de historia. Limpiar sí, y desinfectar. A veces consolar. ¿Pero y Maya? ¿Cómo reanimarlo? ¿Cómo devolverle la vida? Imposible penetrar la tristeza de sus facciones que ya ni siquiera puede mover para pedir o expresar. ¿Por qué su violencia es idéntica a su indefensión, esto que sugiere un mundo de contradicciones terribles al que me obliga a asomarme? Miedo. Pero no miedo. También hay miseria en Maya y cuando hay miseria hay una puerta abierta para que yo entre. Quisiera tocarlo.

Pidió al enfermero que le trajera un poco de agua tibia y un trapo para limpiar la cara de Maya, que estaba inmunda. Al enjugar sus ojos sudados notó que cerraba los párpados para protegerse. Buen signo. Luego se fue porque el silencio de Maya lo encerraba herméticamente dentro de ese "sí mismo" que ella desconocía.

A la semana siguiente la Fanny tampoco pudo acompañarla a la Penitenciaría. Pero la Chepa fue y encontró a Maya muy arreglado, con el pelo recién cortado mostrando el casco blanquizco entre las cerdas negras sobre las orejas. Estaba feo. Tan feíto el pobre. Con sus ojos chicos y esa mancha en el borde de sus labios. Pero era alto y desgarbado, con cierta gracia suelta para caminar y los brazos un poquito largos. Se sentaron en un banco a la sombra, cerca del surtidor.

—¿Qué le pasó, Maya?

—La mano negra, señora...

—¿Qué es eso?...

—Ese mal que a veces me da.

—¿Pero qué es?

—No sé, señora, eso no más, la mano negra...

No quería hablar más del asunto. Ella se dio cuenta de que Maya ni siquiera sabía que ella había estado acompañándolo. Le pide excusas por no haber podido cumplir con las ocho carteras que le prometió. Sólo cuatro listas. ¿Por qué no le hace el favor de regresar el miércoles siguiente? Le promete tenerle las cuatro carteras restantes y después ya no la molestará más.

—Si no es molestia, Maya, por Dios.

Él no la oyó. Su mirada se había clavado en un hombre muy alto, de aspecto arrogante y torvo, que pasó sin mirar mientras los ojos de Maya buscaban ansiosos los ojos de ese hombre para saludarlo.

—¿Quién es ése?

—Aedo.

—¡Qué plomo!

—Es que se cree...

—¿Por qué se va a creer?

—Porque es pasional.

—¿Pasional?

—Claro, pasional. Los que están por celos o por amor o por cosas así. Aquí en la Peni se creen. Tienen todos los privilegios porque dicen que ellos no son verdaderos reos...

Ella titubeó antes de preguntar:

—¿Y usted, Maya?

Él la miró con los ojos duros, para ver si su respuesta la hacía parpadear.

—Homicidio, señora.

—Ah...

—Sí, homicidio.

—¿Pasional?

—No... homicidio no más.

Durante un segundo tuvo la esperanza de que Maya le contestara que sí, que él también era pasional. Así ella podía desinteresarse para siempre. Llevarse las carteras y adiós. Pero si Maya era de los otros, si era de los que matan por miseria y por hambre y por ignorancia, entonces Maya era de los suyos. Se vio viniendo a visitar a Maya todos los miércoles de su vida y tuvo miedo de esa cadena que se sorprendió deseando. Ella podía contarle lo que es la pasión: cómo se quiebra al primer golpe y uno sigue viviendo sin ella. Uno no mata, uno inventa cosas que toman el lugar de la pasión, y es posible ser feliz así también. Hubiera querido decírselo a Maya para que no se sintiera inferior a Aedo.

Hubiera querido decírselo, pero no se lo dijo porque Maya le estaba contando lo que ella quería oír: que mató por miseria y por ignorancia. Ella lo interroga sin parecer hacerlo, lo empuja para que hable, pero no puedo, no debo, tengo que irme, tengo que ir a arreglarme para acompañar a Alvaro al cóctel de la Embajada de Costa Rica esta tarde porque si no se va a enojar conmigo. Pero escucha, interroga, y el muchacho que tiene enfrente, con esas manos tan chicas y terribles, de coyunturas minúsculas, de movimientos precisos y delicados, va respondiéndole y la Chepa no necesita preguntar más porque Maya, sin poder contenerse, como quien cae por un declive, le dice todo lo que sabe de sí mismo. Fechas. Sitios. El norte pardo como este patio polvoriento extendiéndose hasta el horizonte. Un caserío calcinado en medio de la pampa, lejos de todo, donde las puertas de las casas chupan la única sombra posible. Un ave de rapiña esperando en un alambrado. Y los niños patipelados, las moscas hambrientas devorándoles los restos de comida de sus labios, los niños y las niñas jugando con piedras, con tarros vacíos, con botellas, con la tierra misma cuando no hay otra cosa con que jugar, que es las más de las veces. A los dieciocho años cometió el crimen. El habitante más rico de la población era el chino de la pulpería. Maya y otro amigo lo tramaron durante un mes. Imposible huir por el desierto. Había que matarlo justo antes de la partida del autobús para la costa y subir antes que nadie descubriera el crimen. Por fin, una noche, entraron a la pulpería y le dieron con un saco de piedras en la cabeza. Tomaron el autobús hasta Tocopilla. Alcanzaron a comprarse trajes y camisas y corbatas. Después de pagar les quedó poca plata: como para una buena farra. Los pillaron en una casa de remoliendas de Tocopilla tomando sopa de cabello de ángel en caldo de ave. A él lo condenaron a veintiún años y un día. Al otro, que era menor, lo llevaron al reformatorio, y como el clima de la capital es húmedo, dicen que murió de pulmonía el primer año. Él, Maya, fue el que tramó el asesinato y corrompió al más chico —por eso la condena tan larga. Veintiún años y un día. Llevaba cumplidos nueve años, cuatro meses y veintidós días con quince horas y treinta y tres minutos. Miró su reloj: uno de esos relojes gruesos, pesados, que marcan la hora y el día y el mes y el año y las lunas..., un reloj caro, muy caro, pero para los presos ese aparatito que consume tiempo era importante.

—Yo no era más que un chiquillo.

—Y ahora es hombre.

—Sí.

—¿Supo que estuve a verlo el miércoles?

—No.

Maya había llegado al fondo del declive de su narración y parecía agotado, como si ya no le quedara peso adentro y no tuviera hacia dónde seguir cayendo. La Chepa se levantó.

—Hasta el miércoles, entonces.

Él también se levantó. Estaba hosco, solo. Sus ojos velados no reflejaban la luz estridente del patio.

—Mire, señora, mejor que no venga este miércoles. Estuve pensando. Voy a tener mucho trabajo y no voy a alcanzar a terminarle las carteras.

La Chepa no insistió. Mejor irse mientras pudiera hacerlo. Si no, se quedaba para siempre. Se despidió rápidamente. Al llegar a la casa pretextó una jaqueca terrible y dejó que Álvaro fuera solo a la recepción de la Embajada de Costa Rica. Le da lo mismo que yo no vaya. Tiene amores con la embajadora, creo, o con la señora del cónsul. No la embajadora. En fin. No me interesa.

Se puso una bata. La jaqueca pretextada se había transformado en verdadera. Abrió la ventana al jardín y los ramajes de las hortensias al pie de la ventana unieron el atardecer de afuera con su habitación. Comenzó a arreglar sus cajones, a coser un botón, el encaje roto de una enagua, a parear sus guantes, estuvo eligiendo los papeles que se iban acumulando en los cajones de su ropero, de su cómoda, separando lo que era necesario de lo que iba a tirar al basurero para así sentirse despejada. Después la Antonia le trajo a la cama una taza de cocoa y un pan con mantequilla. Se durmió temprano.

El miércoles siguiente, cuando ya había logrado olvidar a Maya, la llamaron por teléfono: un guardia le pidió de parte de Maya que por favor fuera a verlo, que le tenía todas sus carteras listas. Canceló su compromiso con la Meche para ir a una fábrica a comprar géneros para las cortinas de su nueva casa. Sin hacer caso a las protestas indignadas de su hija se fue a la Penitenciaría.

—Creí que no iba a venir...
—¿Pero por qué?
—Creí que estaba enojada conmigo.
No contestó.
—¿No es cierto que no está enojada?
—No...
—Tome este regalo que le tengo.

Le entregó un cinturón horrible que tenía cosido en letras de tientos: Señora Chepa. Ella sonrió al agradecerlo, y con la sonrisa, la inquietud de Maya se aplacó. Se sentaron en un banco a la sombra. Maya la miró de súbito. Comenzaron a hablar y se calló: iba a pedirle algo, ella lo vio venir. No quiero. No quiero que me pida nada y no quiero darle nada. Mejor pagarle las carteras y después irme: me siento culpable de no haber acompañado a la Meche. Tal vez no haya salido todavía y llamándola la encontraré. Se despidió de Maya. Al salir preguntó al guardia de dónde puede llamar por teléfono. Él le indica el pasillo, y al fondo, la entrada de una oficina con una mesa, una secretaria y un teléfono. En la puerta dice: Bartolomé Páez, alcaide. La Fanny dijo que era buena persona. En vez de pedir a la secretaria que le diera permiso para usar el teléfono, le pide que la anuncie a don Bartolomé.

—¿De parte de quién?

—De Josefina Rosas de Vives. Hija de don Alejandro Rosas. Él lo conocía.

La secretaria la hizo pasar. Al fondo, detrás de una mesa enorme, está la cara gorda, sudada, caídos los carrillos sueltos que un cuello no demasiado limpio recoge, y el bigote negro, nervioso, que se pierde por los hoyos de la nariz continuando hacia la oscuridad —quizás todo el interior de este hombre sea peludo, como un mono que hubieran dado vuelta al revés. Se levanta. Habla..., es un honor que la hija de don Alejandro..., gran hombre, ya no hay hombres así..., cómo no me voy a acordar..., la casa de ustedes en la calle Merced, claro, yo a veces le iba a dejar expedientes cuando quería trabajar de noche y me convidaba un puro..., gran hombre. Y claro, don Álvaro. Cómo no, a un caballero que ha sido profesor en la Escuela de Derecho tanto tiempo lo conoce todo el mundo. Cómo no, tome asiento no más, para usted no estoy nunca ocupado, es un gusto...

—¿En qué puedo servirla?

Le preguntó sobre Maya.

—¡Una joya! ¡Una verdadera joya este Mayita! Es el preso que mejores informes tiene. Verdadero modelo de conducta y de trabajo.

Páez improvisó un ensayo sobre los males de la sociedad y sus víctimas inocentes. Maya, por ejemplo. Un hombre bueno donde lo pongan. La miseria y la ignorancia son culpables de que este hombre ejemplar esté encerrado aquí mientras por la calles caminan en libertad verdaderos crápulas. La Chepa tuvo que sujetar su risa porque el tal Páez tenía las mismas ideas que ella, sólo que cuando las decía él eran distintas, absurdas..., un hombre que según la Fanny estudió en Estados Unidos y todo, claro, debía decir cosas más complicadas, más inteligentes.

—¿Pero y Maya?

Además de ser un buen trabajador tomaba aprendices y les enseñaba su oficio. No tiene familia que mantener, ni amigos ni nada en que gastar. En ropa no más, porque es pretencioso y cuando viene la Marujita Bueras con su maleta le compra de todito. Pero tiene un buen capital, sí, bueno de veras, ya querría yo tener la mitad de lo que Maya tiene guardado. Podría poner un taller y hacerse rico...

Esa misma noche, apenas comió, la Chepa se encerró en su dormitorio con el teléfono y llamó a la Fanny que se rió mucho con lo del cinturón.

—Cosa más clara, pues Chepa. Maya está enamorado de ti, sí, sí, no me vengas con cuentos. Cuando vayas otra vez te voy a acompañar yo, para chaperonearte. A tu edad. No te puedes quejar de que no tienes suerte. Y yo encuentro regio a Maya, te diré. Sí, si voy. No te puedo dejar que andes haciendo locuras...

—Pero si te digo que no voy a volver. Ya traje todas las carteras. Y te advierto que mirándolas bien no son tan fantásticas.

—Te mueres de ganas de volver.

—No seas tonta, pues Fanny.

—Yo te acompaño.

—Te digo que no voy a ir.

—Bueno, ya está. Pero a mí me van a hacer falta unos cinturones para regalos y no me atrevo a ir sola.

—No mientas, Fanny. Ayer no más me contaste que gracias a Dios este año ya tenías todos los regalos comprados.

Maya no se sorprendió al verlas. Le hicieron nuevas compras y los tres se sentaron a la sombra. La Chepa le contó lo que el alcaide le había dicho de él y lo felicitó. Y el capitalito...

—No me habías contado esa parte, Chepa...

—Se me olvidó.

Maya, siempre tan plano y apagado, de pronto se puso parlanchín. Gesticulando con las manos y con las cejas, acezando al hablar, enjugándose el sudor de la frente y poniéndose el pañuelo en el interior del cuello. Entonces, atropellándose, ruborizándose, mirándose las manos, el suelo, la gente que pasaba, se lo pidió a ambas. Luego a la Chepa sola: sus deseos de salir. Nueve años en la capital y no la conoce —los parques, allá en el norte no existen los árboles. Las tiendas iluminadas que dicen que hay. La gente en la calle hasta tarde en la noche. Nueve años. Era un niño cuando cometió su crimen. Ahora es un hombre. En la cárcel el curita le enseñó a leer y a escribir y a sacar cuentas y claro, tiene un capitalito... Sí. Si alguien se interesara. La Marujita Bueras, la que viene a vender camisas, habló con un abogado, pero es necesario tener influencias, conocer gente, tener santos en la corte como vulgarmente se dice, señora Chepa, y usted tiene. No me diga que no. Sí tiene. Yo sé. Su marido es abogado. Y profesor. Me contaron. Yo también hago mis averiguaciones. Yo le pago todo, toda la plata que he ahorrado aquí en nueve años de trabajo, se la doy a usted para que haga lo que quiera con tal de que me saque, y con tal de estar afuera no me importa nada comenzar desde abajo otra vez, sin un peso, para eso tengo estas manos..., chicas pero cumplidoras. La Marujita Bueras no es nadie. Una pobre como yo. Nadie le hace caso. Quién sabe en qué repartición está mi expediente ahora, y como no tengo amigos ni cuñas no se va a mover nunca. Dos, más de dos años parado quién sabe dónde. Y tan fácil que sería conseguirme la conmutación de la pena, con mis antecedentes. Para eso me he portado bien.

En el auto le dijo a la Fanny que no. Que no quiere otra responsabilidad más. Ya no tengo tiempo ni para respirar con la gente de la población. Y Álvaro que está tan mañoso. Y las niñitas que no hacen otra cosa que ponerse del lado de Álvaro y criticar todo lo que hago.

—Imagínate lo que van a decir de esto.

—¿Para qué les haces caso?

—Me siento tan culpable de no haber sido nunca buena mujer de Álvaro ni buena madre de las niñitas. Tú sabes que nunca me interesaron..., no, no creas que soy un monstruo. Pero dejaron de necesitarme tan luego...

—Jamás te ha importado lo que digan.

—Demos una vuelta por el parque, Fanny, no quiero llegar a la casa todavía. Conversemos un poco para desahogarme.

...y claro que me sería fácil, siendo hija de Alejandro Rosas. Bueno, tengo los tribunales abiertos y todo el mundo conoce a Álvaro, tú sabes cómo es ser profesor tantos años... y los ministros. Pero no. No puedo. Estoy vieja. Me estoy cansando mucho ahora último. No tengo tiempo ni para respirar y además no sé nada de este Maya. Hay cosas que no me dan nada de buena espina. Y ese lunar. Es demasiada responsabilidad. ¿Cómo quieres que me preocupe de este asunto de Maya, pues Fanny?

—Pero si yo no te estoy diciendo nada, mujer, por Dios. Eres tú la que estás hablando. Y si manejas tan ligero me vas a matar. Claro que sería una locura...

—¿Qué cosa?

—Lo de Maya.

—¿Por qué va a ser una locura?

—Te puedes meter en un berenjenal.

117

—Me he metido en tantos en mi vida...

Fue a dejar a la Fanny a su casa. La luz del escritorio encendida: el perfil de Álvaro en el visillo. Jugando ajedrez solo. ¡Si ella se hubiera decidido a aprender a jugar ajedrez para acompañarlo! ¡Si no hubiera odiado la música tanto como la odia! ¡Si hubiera podido seguir interesándose por las niñitas en una forma más sutil cuando ellas comenzaron a independizarse! ¡Si...! ¡Tanto si! ¿Por qué tenía Maya esa forma tan cuidadosa de hablar? Gangosa, como sacristán..., algún curita que le enseñó a pronunciar bien las eses y las des. Y esa mancha en el labio que se mueve poco cuando habla de esa manera tan plana... sólo cuando sonríe, el lunar baila y descubre sus dientes grandes, fuertes. Claro. Roto nortino. Calcio. Tanta mina.. La sonrisa de Maya es sencillamente encantadora.

Esa noche la Chepa se quedó con la luz encendida haciéndole un mapa a la hija de la Rosita Lara. Se lo habían pedido en la escuela, pero la chiquilla, tonta como la madre, no fue capaz de hacerlo y mejor se lo hacía ella que darle la preocupación de las malas notas, además de todas las otras preocupaciones de la pobre Rosita Lara. Y las cuentas del Centro de Madres. En el cuarto vecino Álvaro apagó la luz temprano. Cuando lo oyó roncar la Chepa apagó su luz. Pero antes de dormirse ya había decidido preguntarle a su marido al día siguiente qué se podía hacer para conseguir la conmutación de una pena de veintiún años y un día.

La Chepa se dedicó todo ese año a recorrer los tribunales a la siga del decreto de la conmutación de la pena de Maya, a explorar sótanos atiborrados de polvo y expedientes, a hacer cola para entrevistarse con jueces y ministros y a ser amable con sus secretarias para conseguir firmas, certificados, estudios, informes, papeletas que hicieran que el decreto avanzara sin quedar atascado en una de las tantas reparticiones públicas antes que llegara a la mesa del Ministro de Justicia para la firma final. Por suerte el mundo legal era el mundo de Álvaro, que a veces se ponía un poco antipático cuando le rogaba que le diera una carta de recomendación o hiciera un llamado telefónico, pero era vanidoso, y le gustaba hacer valer su influencia. Parecía que toda la gente había sido compañera suya en la Escuela de Derecho, o alumno, y claro, en esta ciudad es de lo más fácil que hay ubicar a la gente, y a pesar de lo que ha crecido y ya no es como en el tiempo de mi papá, todo el mundo se conoce. Es necesario tener paciencia, pero las cosas nunca dejan de arreglarse.

—¿Para qué quieres que llame al Ministro de Justicia otra vez?

—Para el asunto de Maya.

—¿Todavía no sale? Ya va para el año que andas detrás de eso...

La Chepa dejó sobre su falda la casaca que uno de sus nietos rajó en siete el domingo anterior y que estaba zurciendo.

—Tú sabes lo lentas que son estas cosas. A veces me toca esperar tres o cuatro horas en un pasillo sofocante repleto de gente para que la señorita de la ventanilla termine diciéndome que no, que no es ahí, que para eso tengo que ir a hablar con tal o cual persona a otra parte, en otra calle, a otras horas de oficina. Y cuando por fin ubico al señor que tiene que firmar resulta que te conoce a ti y te debe algún favor o algo así y me dice que para otra vez no me moleste en hacer cola, que lo telefonee no más. Esto ya no lo vuelvo a hacer, te juro...

—Te dije que tomaras abogado.

—Tú sabes cómo son los abogados. ¿Para que todo el capital de Maya se le vaya en eso y después no pueda poner su fábrica de carteras? ¡Me da una rabia haber esperado como tonta toda la tarde en ese pasillo helado cuando tenía tanto qué hacer en la población! Y la gente que me toca... Ese jefe de sección que es comunista o algo así y que se pone furia con los empeños, un plomo. Fíjate que tuvo detenido el decreto de Maya como un mes hasta que yo hablé con alguien de arriba que lo gritoneó bien gritoneado para que dejara de fregar...

—¿Y para qué quieres que llame otra vez?

—Don Pedro Benítez me prometió que me iba a llamar alrededor de las cinco. Son las seis y media y nada que llama. Voy a tener que hacer antesala otra vez mañana si no le das una llamadita. Maya se está volviendo loco.

—Me da no sé qué. Lo llamé la semana pasada, acuérdate, y tú sabes lo ocupados que andan los ministros con ese asunto de las reformas. Son reformas importantes...

—¿Qué hago entonces? El pobre Maya se ha pasado la semana a punta de calmantes, esperando esta firma del ministro, que es la firma final. ¿Qué hago?

—A ti te hacen falta calmantes.

—Qué pesado eres.

Álvaro cerró sobre su rodilla el libro que trataba de leer, conservando el dedo en el lugar en que iba.

—Tú te metiste en esto.

—Bueno.

La Chepa se pinchó el dedo. Estaban sentados en el escritorio, con las ventanas abiertas al jardín que se repetía en las vidrieras de las estanterías y afuera había comenzado a oscurecer.

—Chepa...

—¿Qué quieres?

Estaba sentado al otro extremo del sofacito gris. Encendió la lámpara de la mesa a su lado. La luz cayó sobre las páginas abiertas de su libro dejándole la cara en sombra con una sola hebra brillante dibujándole el perfil. El perfil aguileño, las aletas largas, los huesos finísimos. Cuando yo era joven no podía quitarle la vista del perfil. Cásate con Álvaro, no seas tonta que es regio, cásate con Álvaro Vives, le repetían sus amigas y sus padres, y si ella miraba ese perfil y pensaba en él siempre así, sí, sí, sin duda, era amor lo que sentía, sus amigas que se estaban casando casi al mismo tiempo hablaban felices de amor, arrobándose con cosas mucho menos importantes que un perfil. La Chepa tosió. Álvaro giró la cabeza para mirarla.

—¿Estás resfriada?

—No.

Pero viéndolo así de frente no podía quererlo. La finura de sus facciones se transformaba en mezquindad: la cara angosta, los ojos demasiado juntos como los de una laucha. ¿Qué fue lo que la cegó, que le impidió ver a Álvaro de frente hasta después de casada? Un mes bastó para no poder verlo de otra manera.

—Chepa...

—Qué...

—¿Estás bien segura?

—¿De qué, pues Álvaro?

—De Maya.

—Te he dicho mil veces que tiene los mejores informes de la Penitenciaría. Cómo será que el alcaide mismo firmó un certificado especial para Maya...

Álvaro volvió a abrir el libro y su perfil lo rejuveneció. Cualquier cosa que tuviera un timbre oficial, expediente, recomendación, informe, premio, lo convencía. La firma, la autoridad competente, papel sellado, timbre de impuestos, testigos..., por eso había preferido permanecer casado. No por las niñitas, que era lo que decía: por eso, porque era oficial, porque los unía un certificado. De pronto, al dar las últimas puntadas de su zurcido, un golpe de sangre sacudió a la Chepa. La cara le quemaba. Cerró los ojos —sí, que Maya se vea envuelto en algo al salir, en algo terrible, algo que los envolviera a ella y a Álvaro y que destruyera certificados y al hacerlo le presentara a Álvaro el caos. Se mordió los labios —qué bruta soy, qué bruta, no, no. En el alféizar había caído una hoja seca, raro en primavera, y la Antonia estaba regando el pasto allá afuera. Álvaro tomó un vaso de leche y una galleta desabrida. El chorro de agua en las hortensias..., este aire es apenas aire y quiere agitar algo que ya no tengo. No, Dios mío, tengo que cuidar a Maya, tengo que salvarlo de sí mismo, ayudarlo a salir adelante, nada más. Nada más, Dios mío. Ya está: mordió con rabia el hilo con que zurcía. Álvaro parpadeó sin levantar la vista del libro..., mi movimiento lo distrajo, lo hice perder la línea que leía y no la puede encontrar: ahora sí. Ese surco entre las cejas. Lo distraigo. Está irritado. Quiere que me vaya a coser a otra parte. Da vuelta una página. ¿Él o el aire? Fue el aire. Está dormitando.

Ella se lo ha jurado, se lo llevará hoy mismo y él espera. ¿Cómo no cumplirle, cómo ser tan cruel si cuesta tan poco? Despertar a Álvaro. Basta toser y esperar un poco para hacerlo creer que una no se ha dado cuenta de que estuvo dormido. Y repetírselo: llama a don Pedro Benítez, qué te cuesta, si supieras cómo se ha ido acumulando el ansia de Maya en estos meses, en este año de miércoles en que yo lo voy a ver de dos a cinco y le llevo noticias..., no, Maya, no me resultó ese empeño con el juez, y la cabeza se le cae hacia atrás contra el muro y cierra los ojos y las manos pequeñas empuñadas como las de un niño. Sí, Maya, pasó a la otra sección, faltan tres, cuatro meses a lo sumo, dos semanas en esta sección para que hagan el estudio jurídico necesario, así es que estas dos semanas va a tener que tener paciencia, estar tranquilo, y dos semanas de Maya riéndose, comiendo uva, contándole cosas, no, todo el año de miércoles contándole cosas, su pieza, su taller, sus aprendices, sus amigos, sus enemigos, los guardias buenos, los enfermeros, las manías de don Bartolo Páez, los guardias malos. Y cuando salga... y cuando salga..., cuánto falta, misiá Chepa, cuánto falta, apúrelos, por Dios, que ya no puedo más, me estoy muriendo. Ella escuchándolo: viendo cómo se anuda y se pone dura su ansia a medida que el final se deja ver, que se acerca, que casi se puede tocar, dos meses, uno, un par de semanas, la otra semana, días, dos días, uno, mañana van a firmar, Maya, el ministro me lo prometió, claro, yo le prometo, cómo se le ocurre que lo voy a dejar esperando, pues, Maya, claro, lo llamó inmediatamente... Y esos meses en el patio de la cárcel, miércoles tras miércoles, ella ya es amiga del guardia de la puerta y está tratando de conseguir que le acepten a una hijita en un colegio de monjas. Miércoles tras miércoles..., usted es igual a todas, no tiene nada que hacer, por eso se entretiene con uno como si fuera un muñeco y después cuando salga apuesto que ni siquiera me va a recibir en la cocina de su casa, sí, sí sé, no me diga que no porque sé. Y después llora. Este miércoles no está en el patio. Está en la enfermería con la mano negra y ella se queda las tres horas de la visita escudriñando ese rostro en el que no hay más que desesperanza, los ojos clavados en el techo, las facciones serenas y ese parpadeo regular, demasiado regular. Y él no sabe lo que es la mano negra y le da miedo que le pase otra vez, ni sabe por qué le viene. Y otro miércoles está alegre y otro está feliz porque falta tan poco, y al otro mes, cuando todo está bien, cae la cortina, y ella tiene que subir los escalones hasta la sala llena de rostros desesperados y desafeitados, de olor a pichí y a chancho aliñado, y sentarse a los pies de la cama de Maya que no la reconoce, excluida de su tristeza cuando llega al fondo. Se está allí entre las sábanas granujientas con las manos cruzadas detrás de la cabeza y los ojos clavados en el techo. Y otro miércoles está enojado. No soy un juego. No vuelva más a verme. Que le entregue lo del decreto a un abogado. Que no quiere verla. Y ella no duerme. No le hace caso, y sigue los trámites, pero no duerme, y Maya, una noche, hace que un guardia amigo la llame por teléfono y le ruega, de parte de Maya, que lo perdone, que lo perdone, y es tan dulce perdonar y ayudar...

...sentados en la escuadra de sombra junto al surtidor él pregunta. Las tiendas. Cómo son, quiero saber, que le cuente todo. Que le cuente más, para saciar su sed de esas luces imaginadas, de esas vitrinas brillantes de muebles dorados, con espejos, llenos de cristales, de trajes, de zapatos, de relojes, de refrigeradores —imaginarse, uno puede abrir la puerta y tomar agua helada cuando se le antoje, yo nunca he tomado agua helada en toda mi vida y lo primero que voy a hacer es comprarme un refrigerador. Ahora que no es un pobre diablo y tiene los bolsillos llenos puede comprar lo que se le antoje. Y las calles con árboles. Maya ha visto muy pocos, unos cuantos achaparrados por el viento de Tocopilla. No conoce los de acá, los del sur, con sus ramas que se unen por encima de las calzadas y por debajo, en la sombra, circulan los autos y los camiones: camiones, miren no más, cómo va a ser, tan grandes, usted se está riendo de mí. Era, a veces, como hablarle a un ciego. Y cada vez que Maya le pregunta con la boca seca de ansiedad: ¿Y qué más? ¿Y qué más? ella siente ese remezón de placer, como si Maya fuera su guagua y ella le diera su seno repleto de leche y él chupara porque su hambre era inagotable y chupara más y más, como a esa madre que le dijo a una vecina que le cuidara al chiquillo un par de días mientras ella iba a hacer unos trámites al otro pueblo con el minero con que estaba viviendo, y se subió al autobús, y el niño patipelado jugando con unas piedras al borde del pueblo mira cómo se aleja el autobús en una nube de polvo por el desierto. No volvió. Y una vez, esa vez maravillosa y terrible, Maya en el medio del verano, con el sol machacando la tierra seca del patio, Maya le dijo que cada vez que ella se alejaba por el patio era como esa vez con la nube de polvo, y temía que lo olvidara y nunca más volviera...

Y una la tonta, claro, espera estar afuera, en el auto, para soltar las lágrimas y no decirle ni una palabra a la pesada de la Fanny, que no hace otra cosa que reírse. Camino a la casa, a veces, cuando las calles oscurecen temprano, siento esto: que Maya me dice esas cosas mientras está adentro. Pero ¿y cuando salga? ¿Qué voy a ser yo en su vida cuando salga? Ahora me necesita. Soy el centro de su vida. ¿Y después? ¿Va a ser como las niñitas que me dejaron, y como mis nietos que pronto comenzarán a dejarme, y como Álvaro que jamás...? No quiero que salga. Quiero que se quede para siempre en este patio, cercado por esos muros sucios y esa escuadra de sombra, sentado en nuestro banco cerca del surtidor, viéndome alejarme por el patio polvoriento y sintiendo esa angustia que yo calmaré, sólo yo, porque yo lo iré a visitar todos los miércoles de mi vida. Maya está enojado. Come uva. Una pepa se le ha quedado prendida en el labio. La Chepa estira la mano para sacársela. No es pepa. Es lunar. Los ojos de Maya se llenan de luz al reírse. Después, se quedan callados hasta que Maya comienza a hacer sonar las coyunturas de sus dedos y ella le pide por favor que no lo haga, que la pone nerviosa, y él contesta que mucho más nervioso está él a pesar de los tranquilizadores. Eso fue ayer.

—Maya...

Él empuñó las manos.

—Mañana. Seguro que mañana.

Pero don Pedro Benítez no llamaba. Se levantó del sofacito para decirle por la ventana a la Antonia que no se olvidara de rociar los macrocarpas que estaban polvorientos. Cuando volvió a sentarse Álvaro había despertado. Ella dobló la casaca sobre el trecho de sofá que los separaba. Álvaro había vuelto a leer

—¿Se nota?

—Nada.

—No estás mirando.

Cerró su libro con un golpe.

—¿Por qué no me haces el favor de dejarme leer tranquilo, Chepa, y te vas a otra parte? La casa es grande...

Ella le iba a contestar, se lo iba a decir todo, no sabía qué le iba a decir pero lo iba a derramar de una vez, horas de hablar, lista de fechorías jamás puestas en evidencia, nómina de silencios, de ira, y él, con el libro cerrado sobre la rodilla, lo esperaba, lo esperaba todo... pero el teléfono sonó. Y la Chepa salió corriendo a contestarlo en su pieza. Era don Pedro Benítez, todo listo, Dios mío, todo listo, Maya libre dentro de tres meses, libre, libre, firmado, sí, gracias don Pedro, gracias, no don Pedro, no lo mande a la Peni con un mozo, voy yo ahora mismo a buscarlo y se lo llevo a Páez.

—¿Pero por qué se molesta, Chepita?

—Es una promesa que tengo.

Se puso las martas encima de su traje sastre porque estaba haciendo fresquete y no tenía tranquilidad ni tiempo para cambiarse. Quiso abrir la puerta del escritorio, pero estaba cerrada con llave.

—Álvaro...

Escuchó un poco antes de gritar:

—Álvaro...

Abrió, pero sólo un resquicio.

—¿Por qué no me abrías?

—No te oí.

—No oyes cuando no quieres.

—Sabes muy bien que me pongo más tarde de oído con

los desagrados. ¿Adónde vas tan arreglada a esta hora?

—Yo sabré.

Una sonrisa terrible quebró las facciones de Álvaro. Lo único firme era el esmalte de sus dientes postizos.

—¿Cita galante?

La Chepa empujó la puerta con furia.

—No sabes pensar en otra cosa, inmundo. No eres un hombre; eres eso, nada más. Una vez me dijiste que te ibas a suicidar cuando fueras impotente, pero no vas a tener necesidad porque te vas a apagar...

Forcejeaban, cada uno a un lado de la puerta.

—¡Qué ínfulas, Chepa, estoy por ponerme celoso!

Álvaro empujó la puerta hasta cerrarla y echarle llave. La Chepa se quedó escuchando un rato.

—¡Déjame leer en paz!

Páez dejó sola a la Chepa en su oficina. Cómo no, señora, por usted contravengo todos los reglamentos y le hago llamar a Maya no más. Una sola ampolleta colgaba de un alambre en medio del techo. Los muebles de cuero desvencijados. Calendarios con mujeres desnudas. Una rosa de ayer en un florero, regalo de la secretaria, sin duda, de quien Maya le ha dicho que está enamorada de don Bartolo, eso lo saben hasta las piedras. Y las máquinas de escribir Underwood, funerarias, enormes. Cosas. Objetos que no significan nada. Desenchufarse, eso sí, desenchufarse para no sentir, para no esperar los pasos de Maya que se demorará quién sabe cuánto. Desenchufarse como cuando habla Álvaro, como aprendió a hacerlo después del primer mes de casada cuando se dio cuenta de que él no la tenía a ella entre sus brazos al hacer el amor, sino que a cualquiera, que para él ella comenzaba a existir sólo cuando la tocaba y que aún así era intercambiable. Yo no soy yo. Yo no existo. Se desenchufa. Y cuando las niñitas, que fueron tan lindas de chicas, comenzaron a crecer, y las caras comenzaron a angostárseles y los ojos a juntárseles y a hablar de música que ella no entendía, y les enseñaban música que ella no entendía a sus nietos que ella tenía miedo de comenzar a no entender en cualquier momento... y entonces, entonces, tendría que desenchufarse completamente y sería el desenchufe total, eterno, mientras que ahora con Álvaro era el medio desenchufe, el desenchufarse a veces, cuando quería, y con Maya, que venía, sí, oía sus pasos en el corredor, era estar viva, electrificada, esperándolo para decírselo.

Maya apareció furioso en la puerta de la oficina. Esa frente apretada que ella conocía. No avanzó.

—¿Qué le pasa, Maya?

Él no contestó.

—Le traigo...

Entró a la oficina y cerró la puerta.

—¿Por qué no me llamó?

—¿Cuándo?

—Cuando prometió. Cuando supiera lo de la firma del ministro esta tarde...

—Pero Maya, por Dios, si lo acabo de saber. Hará tres cuartos de hora.

Él se rió.

—¿Cree que voy a creerle?

—¿Pero por qué no me va a creer? ¿Qué cree que he estado haciendo hasta ahora?

El labio de Maya se curvó.

—¿Qué sé yo, pues, lo que hacen las pitucas en las tardes. Jugando canasta...

La Chepa dejó el decreto en el sofá. Y las martas también. ¿Cómo convencerlo? ¿Cómo capacitarlo para que se atreviera a mirar de frente el hecho de que era un hombre libre, en vez de esta desconfianza que prolongaba su agonía por miedo a la mayor? Maya se fue acercando poco a poco al sofá. Estaba muy cerca. Tenía que mirarlo para arriba, la cabeza de cerdas negras contra el techo de tablas resecas, cuya pintura se iba desprendiendo de los intersticios. Y las manos, tan chicas, de niño, a la altura de su cara: con mover la cara un poco, muy poquito, podía poner su rostro en esas manos que habían matado, pero que a ella la acariciarían.

—Esperé su llamado.

—Ay, pues Maya, no sea tonto...

—Claro, a usted qué le importa.

Se estaba negando. Se estaba negando. Su cara cerrada allá cerca del techo, cada vez más lejos, cada vez más hosca, y si no la recuperaba, ahora, en este minuto, se le iba a perder. Lo conocía. Maya estaba a punto de darle vuelta la espalda y de irse. Le cerraría la puerta con un golpe.

—Maya.

Estaba mirando la pared. Entonces, con la furia que le daba contra la Rosita Lara cuando se negaba a lavarse, le salió la palabra que le dolía pronunciar:

—Maya, está libre...

Enfocó la vista y la miró hacia abajo. Entonces se derrumbó desde el techo hasta sus rodillas y hundió en ellas su rostro y ella se sintió incómoda con ese hombre que lloraba, que quería abrazarla y la Fanny se reiría y quién sabe qué le diría, se reiría, pero no importa porque Maya está libre y está llorando y nadie le ha dado jamás lo que yo acabo de darle, es como si naciera de nuevo, y él se da cuenta, y no puedo dejar de tocarlo, sí, la cabeza de cerdas negras y el cuello, y siente terriblemente dura y terriblemente fuerte la piel áspera y caliente de esas manos tan pequeñas presionando y aprisionando la suya en la falda, sí, sí, qué importa la Fanny, qué importa nada, acariciando la cabeza de ese hombre que llora en su falda.

Los ajetreos de la salida de Maya impidieron que la Chepa se preocupara de la situación económica de la Violeta, que no estaba nada de buena. Aunque siempre llevó una vida modesta sin darse más gustos que asistir a las novenas de Santa Rita de Cassia y de la Virgen de Pompeya, y de ir alguna vez al cine Coliseo a dos cuadras de su casa a ver la última de la Hedy Lamarr, la plata no le alcanzaba para nada. Misiá Elena le había dejado un capitalito en acciones que producían dividendos semestrales, pero un año atrás estas acciones bajaron de precio bruscamente. Continuaban bajando y los dividendos eran cada día más insignificantes: a punto de cobrar el semestre siguiente la Violeta se desesperó imaginándose la venta de su casa, emplearse a su edad, o desastres peores. A pesar de que no le gustaba hacerlo, un domingo mientras colocaba las empanadas dominicales en el canasto, le habló a Álvaro de la disminución de sus pesos. Él dobló el diario sobre sus rodillas esperando que la Violeta terminara la operación y que cubriera las empanadas con la servilleta de damasco en que las mandaba.

—No te preocupes, mujer. Vas a ver que tus Carbonara van a volver a subir después de las elecciones de diputado...

—Es que dicen que la izquierda va a ganar, don Álvaro, y si gana, las Carbonara se liquidan y yo..., bueno, voy a tener que ocuparme de nuevo y no tengo fuerza...

—¿Quién te dijo que va a ganar la izquierda?

—El Fausto se lo lleva hablando no más...

—Qué sabe Fausto, pues, Violeta...

—También es cierto.

—Faltan cinco meses para las elecciones.

—Yo tengo que cobrar pasado mañana.

Álvaro se paró.

—¿Cuánto te van a dar?

—Psch..., unos centavitos.

—Te he dicho que no te preocupes, mujer. Estás con la presión alta y uno de estos días te da un patatús si sigues así. Además, qué tanto gasto tienes.

Álvaro se dirigió a la puerta, seguido de la Violeta con el canasto: esta mujer no puede gastar toda su renta con la vida que hace, aunque haya disminuido y aunque ayude a la Mirella. Está vieja. Se está poniendo avara como todas las viejas, guardando cosas en paquetitos, ocultando cosas que se van poniendo polvorientas. Hace años él tomó unos papeles de encima de una mesa de la Violeta: una cuenta en la Caja de Ahorros con un buen saldo a favor. Mejor que tenerlo guardado en la media o en el colchón.

—¿No tenías ahorrados unos pesos?

—Pero don Álvaro, si eso lo gasté cuando se me casó la Mirella, y ahora no me queda ni un cinco.

Antes de abrir, Álvaro se quedó de espaldas a los vidrios de la mampara: unas garzas y unos nenúfares opalinos lo separaban de la calle. Vieja. Ya no servía para nada la pobre Violeta. A él no le iban ni le venían las empanadas dominicales porque hacía muchos años que no las probaba.

—¿Por qué no hablas con la Chepa?

—¿Para qué?

—Seguro que ella encuentra una solución.

—¿Qué no dicen que anda tan ocupada con el asunto del preso ese que va a sacar de la cárcel?

El pasillo de entrada era angosto. La Violeta estaba muy gorda, casi tocándolo, su respiración pasada a cebollas de tanto probar las empanadas toda la mañana.

—Déjate de tonteras, Violeta. Las cosas no están para remilgos. Habla con la Chepa. El otro día no más la oí que andaba buscando una casa para que Maya viviera. Esta casa te queda grande ahora que la Mirella se fue, y te voy a decir que no me gusta nada que vivas tan sola. Además, te lo llevas tirada en la cama todo el día sin hacer nada, tú misma dices que te aburres y que lo único que se te ocurre hacer es comer, mira cómo estás. Un buen día de éstos revientas... y cuando lleguemos vas a estar fiambre.

Temprano al día siguiente la Violeta estaba en el repostero de la casa de sus patrones esperando que misiá Chepa se levantara.

—Qué milagro verte por aquí, mujer...

—Hacía tiempo, ¿no?

—¿Cuánto?

—Hará unos cuatro o cinco años, pues misiá Chepa, qué menos. El repostero no estaba arreglado así. Esto se llama formalita, creo, miren qué bueno, y dicen que no se echa a perder ni con ponerle una tetera hirviendo encima.

La Chepa acercó el otro escaño a la mesa mientras la Violeta tomaba su taza de té calentito. Hacía días que andaba dándole vueltas en la cabeza al asunto de dónde iba a vivir Maya cuando saliera de la Penitenciaría dentro de un mes. No conocía a nadie..., sí, a algunos compañeros de cárcel en libertad, pero él mismo le dijo que no quería tener nada que ver con ellos, que su mayor anhelo era comenzar de nuevo, con gente que no conociera su pasado y no lo considerara criminal. Ella misma se había hecho cargo de los problemas: Maya, solo, arrendando un par de piezas frías en una casa pobre, sin amigos, naturalmente gravitaría hacia sus ex compañeros de presidio. En cambio Maya en una casa agradable, con alguien que lo cuidara, que lo quisiera como a un hijo, Maya se salvaría. Hubiera querido traerlo aquí para mimarlo, pero no. La vida estaba constituida de tal manera que esas cosas eran imposibles. Sin embargo, aquí, al frente suyo, soplando sobre el té que había vertido en el platillo, estaba la Violeta. ¿Quién mejor para delegar en ella el cuidado, el calor de hogar que debía proporcionársele a Maya? La Violeta era de Álvaro. Como Maya era de ella. La sonrisa de Álvaro era casi espontánea cuando la Violeta estaba cerca.

Ella había florecido preparando la salida de Maya. Todos le decían: mijita, te has quitado diez años de encima, qué cutis, qué brillo en los ojos... Y de pronto, mirando a la Violeta que sorbía el té del platillo, sintió, como nunca había sentido, una hermandad, una cercanía a Álvaro.

A las dos mujeres les costó poco ponerse de acuerdo sobre lo que solucionaba el problema de Maya y el problema de la Violeta. Le arrendaría a Maya las dos piezas del fondo del patio para que instalara allí las máquinas del taller de carteras. Y también le arrendaría las dos piezas de adelante, las de la calle, para que Maya viviera con comodidad después de tantos años de sacrificio. La Violeta le haría las comidas y le plancharía la ropa: quedó colorada y sonriente con el proyecto. Quiso saberlo todo de Maya. ¿Alto? ¿Feazo? Qué lástima... Pero simpático: esos dientes, claro, del norte. Así es la gente del norte.

Cuando se lo dijo el miércoles, a Maya no le pareció tan buena la idea. Ya le había escrito a la Marujita Bueras que le tomara una pieza en la casa donde ella vivía con su marido. La Marujita era buena mujer. La Chepa la había conocido en el patio de la Penitenciaría, con su suéter verde con una lista naranja que realzaba sus senos, y una de esas permanentes crespas que la Chepa creía que ya no existían.

Insistió: no, no Maya, tiene que comenzar una vida nueva. Los Bueras saben demasiado, están en contacto con los presos de adentro de la Penitenciaría y con los que ya han salido, y si se va a vivir con los Bueras, bueno, sería seguir en lo mismo. La Chepa fue una tarde a ver la casa donde vive la Marujita. Dos pisos color crema descascarados, con mascarones de mampostería sobre las ventanas, puerta tallada, mampara de vidrios trizados y una ratonera de pasillos y galerías con las tablas del piso rotas. Las puertas cerradas con luz detrás: olor a anafe, a plancha, a ajo dorándose en aceite ordinario, a ropa sucia, radios vociferantes, peleas de las vecinas, envidias, pequeñas venganzas...

—No, no misiá Chepa, no quiero, si es igual que aquí.

Y sube al segundo piso por una escalera enclenque pero de baranda tallada. Junto a la puerta de una de las piezas un pájaro salta en su jaula y ella siente crujir bajo su zapato el alpiste salpicado. Y los vidrios de la galería sucios, y el ruido de autobuses y trolleys porque la casa queda en el centro, metida entre las espaldas de edificios de departamentos, contando los días para el momento de la demolición. Y portadas del *Para Ti* destiñéndose entre el vidrio y el visillo...

—No, Maya, no puede...

—Peor que aquí...

Y la pieza de la Marujita..., bueno, un chiquero, Maya, un chiquero, una mesa con una carpeta tejida a crochet y encima una lechuga y unas cartillas de carreras: ella las conoce, porque Álvaro, antes, jugaba a las carreras. Y el marido de la Marujita acostado, sin desvestirse le pareció, con una bufanda en el cogote. ¿Por qué las cartillas?

—Él apuesta. Le pierde toda la plata que la Marujita gana como falte.

—Por Dios. ¿Con esa gente quiere ir a vivir?

—No conozco a nadie más.

—No diga eso, pues Maya.

Esta gente, se iban a pegar como lapas al pobre Maya y a vivir de lo que él ganara con su regia industria de carteras. No, él no quería la miseria. Quería una casa como las que se imaginaba, como la casa de misiá Chepa. Maya accedió a vivir con la Violeta. Después buscaría algo mejor, según lo que fuera ganando. La perspectiva de que su industria de carteras creciera era buena. Ella misma fue a hablar con el gerente de la Caja de Crédito Industrial para conseguir una plata para que Maya comprara una máquina cosedora muy cara.

—¡Cómo no, pues Chepa! La felicito. Ojalá mi mujer hiciera la labor humanitaria que usted hace en vez de llevarse metida con su hermana, la Rosa, en esa tienda de dulces que pusieron juntas, sin necesidad, en Providencia. Interesante el tipo éste. Sí, firme no más. Les conté el caso en la reunión del directorio del otro día y estuvieron de acuerdo, que si usted está detrás del muchacho..., no, qué problema va a haber. Firme aquí no más... Y cuando salga me lo trae para que él mismo cobre su platita...

Se lo contó a Maya, que ante la perspectiva de conocer al gerente de la Caja de Crédito Industrial, se puso más nervioso que de costumbre. ¿Cómo se iba a presentar? No tengo educación, no tengo trato.

—Bueno, pues Maya, entonces no va a hablar con Gabriel. No tiene importancia. Firma no más: sí, sí, eso tiene que hacerlo, yo lo acompaño. Pero déjeme decirle una cosa. Usted tiene un futuro muy, pero muy bueno con su industria de carteras. Con este empréstito va a poder instalarse muy bien..., usted se va a ir para arriba, como la espuma. Y por eso es que se tiene que acostumbrar a tratar con gente decente. No, Gabriel era muy pobre, creo que también de un pueblito del norte, como usted, pero con su trabajo y su orden mire dónde llegó. Eso es lo que vale. Claro que si quiere quedarse toda la vida tratando con gente como los Bueras...

—No. Quiero conocer a ese señor. ¿Cómo es la oficina?

Ella se la describió: Maya brillaba cuando ella le describía interiores lujosos y siempre quería saber más y más. Los muebles de cuero claro. La alfombra gruesa, de muro a muro. Un cuadro de esos modernos que se llaman abstractos, que ella no entiende pero sabe que son caros: se abre, y ahí en la pared está el bar, botellas, vasos, un refrigerador pequeño. Era como si le estuviera contando un cuento fantástico. Hasta que de pronto se puso tieso.

—¿Qué le pasa?

—Ah, me olvidaba.

—¿Qué cosa?

—No puedo ir.

—¿Por qué?

—No tengo ropa con que presentarme.

Las casas, la ropa: las dos preocupaciones de Maya. Sus martas, por ejemplo, no había visto nunca nada así. Cuando ella se las sacaba del cuello y las ponía a su lado en el banco del patio, la mano de Maya se le iba para acariciarlas. ¿Eran caras? ¿Cuánto costaban? No podía creer cuando la Chepa le dijo que en su tiempo habían sido muy buenas, pero que ahora estaban pasadas de moda. Cuénteme más..., otras casas, otras oficinas. A ella le daban ganas de agarrarlo y de besarlo como a un niño cuando preguntaba tanto. Pero a veces la enervaba. Estaba tan equivocado. ¿Cómo enseñarle? Era querer hablarle a un sordo —describir un color a un ciego, a un ser de otro planeta. Y se sentía afuera, incómoda, como si esta pequeña varilla que era su Maya fuera el producto de raíces torcidas, tumultuosas, cincuenta, cien veces mayores que él, que se extendían y se extendían escondidas en la tierra. A veces ella se desvelaba, no pensando ni analizando, sino que sintiendo crecer y desarrollarse esas raíces, en esa oscuridad a que ella no tenía acceso. ¿Cómo entenderlo, entonces? Lo mejor era no preocuparse. Lo que le faltaba al pobre, como trataba de explicarle a la Fanny que no entendía absolutamente nada de lo que le estaba pasando, era sentir confianza en alguien. Para eso estaba ella.

Le dijo que no se preocupara de sus trajes. Que el mismo día que saliera, dentro de un par de meses, lo primero que haría después de dar un par de vueltas en auto por las calles del centro con que él soñaba, sería llevarlo a una fábrica de ropa de unos judíos muy buenos, ropa resistente, bien hecha, barata. Le hacían precios especiales porque ahí compraba cuando le encargaban algo de su población.

—¿Ahí compra sus trajes don Álvaro?

La Chepa se rió. Álvaro vestido de confección. Era para morirse de la risa. Él, que vivía pendiente de su ropa. Sus trajes debían ser absolutamente perfectos. Camisas a las que sólo la Violeta sabía pegarles un botón o bordarles una pequeñísima inicial como a él le gustaba. La docena de trajes colgados con ese esmero obsesivo. Sus piernas flacas, blancas, ya sin vello: parado junto al ropero con sólo los calzoncillos y la camisa puestos, se concentraba totalmente en la tarea de hacer coincidir en forma maniática las rayas planchadas como cuchillos de los pantalones que se acababa de sacar. Tomando dos alfileres los prendía a la altura de la rodilla para mantener los pliegues. Le explicó a Maya que su marido se mandaba a hacer los trajes donde un veneciano llamado Botti. Para su marido, sus trajes eran la mitad de la vida.

—¿Botti?

—Luigi Botti.

—¿Y dónde es la sastrería?

La Chepa le dio la dirección. Él la repitió.

—Ahí quiero hacerme trajes yo.

Ella no respondió. De repente se desalentaba con Maya. ¿Cómo hacerlo entender? En fin, suspiró. La vida se encargará de enseñarle, espero que no demasiado rudamente.

—¿Por qué no contesta?

—Ay, pues Maya...

—¿Le da vergüenza presentarme a Botti?

—No sea tonto, pues Maya. A mí no me dan vergüenza esas cosas. Otras sí, pero ésas no. Lo que pasa...

Trató de llevarlo a la razón. Pero fue inútil. Él quería. Sí. En la misma sastrería que don Álvaro. Aunque los trajes le costaran lo que le costaran. Por qué no iba a tener derecho él si se le antojaba y podía pagar —después de tantos años de encierro él iba a darse sus gustos. Bueno.

137

Ya está. Le voy a avisar a Botti que va a ir. ¿El mismo día que salga?

—¿Le va a decir que vengo saliendo de la Peni?

—¿Quiere que se lo diga?

Lo pensó.

—No.

—Bueno.

—Dígale que soy un amigo de la familia que acaba de llegar del norte y por eso anda tan mal trajeado...

—Como quiera.

La Chepa no descansó ni un minuto durante los últimos quince días antes que Maya saliera de la Penitenciaría. Hizo empapelar los cuartos delanteros de la casa de la Violeta. Compró unos muebles buenos y baratos de segunda mano, su regalo a Maya..., cuando le fuera bien en su negocio podía comprarse los muebles con que soñaba. Toallas. Jabón. Vigilar que arreglaran el estanque del excusado. Encerar. Todo lo necesario para que Maya comenzara a vivir de nuevo, esta vez como un ser humano. Contagió a la Violeta con su entusiasmo. Con un trapo amarrado a la cabeza se había trepado a una silla y estaba limpiando los vidrios del dormitorio de Maya: se detuvo, apoyó su mano con el trapo en un vidrio, y la Chepa la vio haciéndoles morisquetas a unos gatos que retozaban en el sol de la calle. La alteración de sus facciones tan conocidas como un trasto viejo que de tan familiar ya ni siquiera se ve, hizo que el corazón de la Chepa se saltara un latido. ¿Quién es esta mujer periférica a mi vida y sin embargo central? ¿Qué cifra es en la vida de mi marido que parece deshielarse cuando están juntos? ¿Qué más es esta mujer? La Violeta dejó de hacer morisquetas. Siguió con los vidrios. No. La Violeta no era nada más que la sucesión eterna de la imagen del espejo en el espejo, porque en realidad, fuera lo que fuere, la Violeta no importaba nada.

Estacionó su Volkswagen frente a la puerta principal de la Penitenciaría a las nueve y media en punto de la mañana y se arrellanó en su asiento, mirando el portón. Había imaginado esta escena tantas veces: Maya saliendo con su maleta, el pelo húmedo de vaselina, mirándolo todo con los ojos brillantes, buscándola para que fuera su guía por el mundo desconocido. Deslumbrado por tanto espacio abierto, iba a ser como si estuviera naciendo.

Y naciendo a un lindo día. Sobre todo en el parque, que cruzó para llegar más rápido: las camisas y los vestidos de colores hoy tal vez por primera vez, el humo de los botes de maní, y al borde del lago algunas parejas perdidas entre las ramas. El parque era lo primero que iba a mostrarle: esos árboles en que no creía. El ciego iba a ver. Ella iba a abrirle los ojos. Y luego el centro en la mañana. El bullicio de autobuses y tranvías y la maraña de gente para cruzar las calles, para llegar antes que otros iguales a ellos. La prisa de los grandes hombres de negocio con sus trajes bien cortados. Y los pequeños hombres de negocio charlando, fumando, paseando, misteriosos con sus bigotes negros y sus trajes exagerados, adosados al muro en la puerta de los cafés. Y el cerro. Ella lo sabía todo de memoria de tanto contárselo. Pero hoy, se acabó. Los árboles ya no crecerían desde su voz. Hoy, ella dejaría de ser todo el paisaje y toda la ciudad, para ser sólo otro individuo en la ciudad y otra mancha en el paisaje.

Contó las campanadas de la iglesia de San Lázaro: las diez. Maya se iba demorando. Qué importa. Uno siempre se demora más de lo que cree..., y después del parque y del centro y del cerro, a almorzar a su casa. Y después a instalarlo en la casa de la Violeta. Y en la tarde de nuevo al centro para que viera las vitrinas iluminadas y comprara lo que quisiera. Tan loco este Maya. Iba a hacer locuras. Eso lo veía. A comprar porquerías que no necesitaba.

Ella estaría con él para impedírselo. Le cuidaría su platita. No lo dejaría comprar cosas en las tiendas del centro sino que lo llevaría a las fábricas donde todo costaba la mitad del precio. Diez y cuarto y Maya no salía. Bajó del auto y entró. Cortés la recibió muy amable.

—Fíjese que se fue.

—Pero si me dijo que estuviera aquí a las nueve y media en punto y que iba a estar listo...

—Sí. Pero salió más temprano.

—Ay, por Dios, este Maya, bueno que es. Para dónde se habrá ido ahora.

—Es que la Marujita Bueras estuvo aquí a buscarlo a las ocho y se lo llevó.

—¿Pero cómo supo la Marujita?

—Le diría, pues.

—Pero si yo he estado con ellos todas las últimas veces que han estado juntos, y la última vez fue hace como dos meses y no dijeron nada de encontrarse...

—Ah. Entonces se escribirían. Es mucha la carta que Maya le escribe a la Marujita...

No lo había pensado. Cualquier cosa puede suceder en un carteo. Cortés sonreía amable. Quizás demasiado amable.

—¿No me dejó dicho nada?

—Sí, señora, cómo no. Le dejó un recado. Dijo que por favor le dijera, si es que venía, que a la noche iba a ir donde una tal Violeta, creo que es esa señora donde usted le consiguió pieza...

La Chepa tartamudeó al despedirse. Salió con la cabeza inclinada, para ocultar el calor que le ardía en la cara. Cortés se había dado cuenta de su humillación.

Era fácil decirse al subir al auto "Roto de mierda, malagradecido", y olvidarlo. Pero no era ése el problema. En la población, cuando a veces se portaban así con ella, se lo decía y la herida sanaba en un rato. Ahora estaba como ofuscada, con una especie de calambre que le impedía acelerar el motor: no sabía qué hacer. Dónde ir. Esperaba que desde detrás del dolor la conciencia le dictara algo que hacer automáticamente. No, al parque no. Las calles no, esta mañana sin Maya. Ir donde la Marujita. Tampoco. Sería como decirle "Es mío, dámelo", que era lo que hubiera querido decirle y quitárselo para siempre y quemar esas cartas. No podía hacerlo porque ella era una señora: esta señora de pelo gris y abrigo de pelo de camello que va cruzando el parque al volante de su Volkswagen azul, escudriñando las parejas veladas por el verde reciente de los sauces junto a la laguna. Maya y la Marujita. "Piérdete vieja de mierda, que andái loreando por aquí" —eso podían decirle con toda la razón del mundo si levantara la cortina verde de los sauces para ver si son ellos abrazados, la camisa abierta y el vestido revuelto, sobre el pasto junto a la laguna, viendo pasar los botes, o sobre una cama olisca, en esa pieza que conoce, en algún hotel, en cualquier cuarto oscurecido. Debe volver a su casa, no debe quedarse dando vueltas por aquí. Ver que le hagan las jaleas a Álvaro. Las cuentas de la población. La Fanny en el teléfono. La Antonia con su dolor de muelas. Y los niños que mañana vienen a la casa porque es sábado y no quiero verlos porque son de sus padres, no míos, nadie es mío más que Maya, que no podía salir y yo lo puse en libertad, que no conocía los árboles, que me pregunta qué más qué más qué más y yo le cuento y yo soy sus ojos y sus oídos y su piel y sus sueños y sus recuerdos y sus proyectos... era. Yo era todo eso. Porque ahora que no está adentro no necesita otros ojos que los suyos. Quizás no los haya necesitado nunca: las cartas de la Marujita, con su pollera apretada, y la mano de Maya crispada sobre la madera del banco del patio se distiende y se suaviza, hoy, suavizada, en la permanente de la Marujita en la cama de ese cuarto que conozco o de otro cuarto. Pero no. Déjate.

No envidio lo sexual. Dios sabe que Álvaro comenzó a matar eso en mí al mes de casados y después fue todo cerrar los ojos y pensar en... en Dios, para que termine pronto y me deje tranquila. Envidia otras cosas. Estar con él. Hoy. Nada más. Esa mano pequeña pero áspera desentumeciéndose bajo la suya. Cuidarlo. No. Ni siquiera eso. Velar por él. Ése es Maya, ese que está abrazando a la Marujita junto a la forsythia gigantesca en medio de ese prado..., ve, pues, Maya que paso cerca de ustedes sin molestarlos. Los espero aquí en la esquina. Y cuando hayan terminado de acariciarse bajo la forsythia y de dejarse acariciar por este sol nuevo que apenas calienta, entonces los llamaré: suban al auto chiquillos, yo los llevo a pasear y a almorzar los tres juntos en el restorán del cerro, Maya. Pero no es Maya. No es la Marujita. Maya se ha escondido en alguna parte porque sabe que mientras él está lejos yo estoy desesperada.

¿Y si hubiera ido donde la Violeta a dejar la maleta, por ejemplo?

Pero no lo encontró en la casa de la Violeta. No había dado señales de vida. Ya era tarde, las doce y media, y la Violeta le sirvió almuerzo. La Chepa se acostó a dormir siesta en la cama que ella misma había preparado para Maya. Despertó tarde, cuando comenzaba a oscurecer. La Violeta le había tapado las piernas con un chal.

—Deberías haberme despertado, pues Violeta. He dormido cuánto, como cinco horas, por Dios. Esta noche con la preocupación de Maya y sin sueño seguro que no duermo ni una pestañada...

—Cómo va a ser este hombre tan desconsiderado con usted, pues señora.

Estaban despidiéndose en la puerta de calle cuando apareció Maya sonriente, muy lavado y peinado, vestido con un traje azul fuerte y unos zapatos demasiado claros. Se quedó parado en el umbral sonriendo como la Chepa jamás lo había visto sonreír, el labio superior flexible, el lunar un adorno insinuante, una claridad nueva, como si hubieran despejado su cara de una capa de polvo pardusco.

—¿Puedo entrar?

—Pase, pase, por Dios. Si creí que se lo había tragado la tierra. Lo hemos estado esperando toda la tarde.

Dejó su maleta en el suelo. No había saludado a la Violeta y la Chepa no se acordó de presentarlos.

—¿No está enojada conmigo?

—No sea tonto, Maya.

—¿Me perdona?

La Chepa, que estaba tragándose las lágrimas, no pudo hablar y sólo fue capaz de mover la cabeza asintiendo: perdonado, perdonado mil veces, todo el perdón que quiera, porque perdonar es ser capaz de darlo todo de nuevo. Estiró la mano para tomar la de Maya y se la tomó entre las dos suyas que le ardían. Me arde no sólo la mano sino que la cara y todo el cuerpo y la sangre cantándome en las venas. Me lleva las manos a la boca y me las besa. Tiene los ojos cerrados pero no importa porque yo sé qué pasa detrás de sus párpados.

—Ya pues Maya, no sea tonto, qué cosas son éstas... Ya, le digo, mire que no me gustan estas cosas y no es para tanto.

—Estuve con la Marujita.

—Sí, si sé.

—Nueve años sin mujer. Hablar no más y pensar y pensar... Más de nueve años, porque antes de entrar a la Peni yo nunca..., era tan chiquillo. Perdóneme...

Todavía no abre los ojos ni le suelta las manos. Son cosas suyas, Maya. Yo no tengo nada que perdonarle. Pero búsquese una mujer para usted, no sea tonto y cásese Maya, ordene su vida, no se complique con mujeres casadas desde el mismísimo día de su salida. Pero se quedó calla-

143

da y no le dijo nada. Después. Éste no era día para consejos.

Sólo entonces le presentó a la Violeta. Mientras Maya pasó al baño las dos mujeres se atarearon en la casa para instalarlo de modo que quedara perfectamente cómodo.

Durante los primeros días de libertad de Maya la Chepa estuvo con él todo el tiempo ayudándolo a instalarse. Le parecieron poca cosa los muebles que ella le había comprado y se vio obligada a acompañarlo a una mueblería carísima donde compró muebles de asiento de brocato verde-manzana brillante y un comedor Hepplewhite con vitrina, y vasos y copas y platos, con lo que alhajó sus dos piezas. Maya firmó letras por un televisor y un refrigerador, por ropa y cortinas, por máquinas para trabajar el cuero y por materiales. Consiguió tres operarios. Ella lo llevaba a todas partes. Maya no se acostumbraba a la novedad de las calles. Dentro de la redoma del auto, en cambio, se sentía fuera de peligro junto a la Chepa.

A la Chepa le gustaba acompañarlo, sobre todo cuando iba a elegir materiales. La destreza de sus manos delicadas como las patas de un pájaro la maravillaba: al acariciar el trozo de cuero, al estudiar la textura para compararlo con otro y elegir, al hacerlo sonar para comprobar su resistencia, al llevárselo a la nariz para olerlo. Eran sabias, eficientes, y lo contemplaba y escuchaba, muda de admiración ante la infalibilidad de su ciencia. Esto era ser hombre. A Álvaro jamás le interesó su profesión. Siguió en ella por inercia hasta jubilar lo más pronto posible. Y las niñitas fueron las niñitas, mujeres, nada más, unas monadas las pobres, hasta que se casaron y no hicieron nada más que acompañar a sus maridos al cine, y de vez en cuando, para las elecciones, por ejemplo, se reanimaban un poco, como si la política fuera una especie de chisme en escala nacional. Le faltó la pasión que veía en Maya. Le gusta su profesión, le gusta ejercer lo que sabe. Ver cómo instala la secuencia de máquinas cosedoras en las piezas del fondo del patio de modo que el trabajo resulte más fácil, claro, claro, Maya, usted tiene toda la razón, así quedan mejor las cosedoras al lado de la ventana y no como yo decía, tiene toda la razón del mundo.

La Chepa se despedía de Maya cerca de las ocho de la noche y se iba a su casa. Alvaro preguntándole en qué ha pasado el día o no preguntándoselo, en todo caso ella sin contestarle más que lo habitual porque Álvaro parece haber olvidado la existencia de Maya: fui donde el pedicuro, tantos trajines, a la Meche le llevé los uniformes para los niños... y él sigue leyendo el diario y la casa se pone terriblemente hueca como si el ruido de cada cosa, de su voz o de la cucharilla que deja en el plato de su taza de té, se redoblara. Y las sábanas de su cama no se amoldan a su cuerpo hasta que en la habitación vecina Álvaro comienza a roncar como una máquina cansada, y entonces Maya de nuevo, volver a él, el buen talabartero, el hombre cuyas manos ya no harán más que cosas que ella admira.

¿Pero adónde va en la noche?

Porque en la noche sale. Rara vez come en la casa de la Violeta aunque lo que le paga mensualmente incluye la pensión. Después de su jornada de trabajo Maya se baña, se peina, se perfuma, se pone una de sus camisas nuevas finísimas, uno de sus trajes comprados por fin en una tienda cara del centro porque estaba demasiado ansioso para esperar turno con Botti. Entonces sale. La Fanny lo vio una tarde entrando con dos hombres en un restorán del centro. La Mirella le dijo a su madre que lo vio paseando por una calle, solo, parándose en las vitrinas, comprando cigarrillos, haciéndose lustrar los zapatos. La Chepa misma lo vio una vez, seis filas más adelante que ella y Álvaro, en un cine, acompañado por la Marujita Bueras y por su marido. La vida de Maya estaba tomando forma. Natural que invitara a los Bueras al cine. Natural que paseara por las calles. Natural que entrara a un restorán con amigos. A veces, le decía la Violeta, no regresaba hasta muy tarde. Ella, que era más bien liviana de sueño, lo esperaba despierta.

—¿Maya?

—Sí, señora Violeta.

—Apágueme la luz del pasillo, por favor.

—Sí...

—Gracias, Maya...

—Buenas noches, señora Violeta.

—Buenas noches.

Pero a veces no salía. Quedaba cansado de tanto trabajar. Después de bañarse se ponía su bata y sus zapatillas y se instalaba frente a la televisión. En esas ocasiones convidaba a la Violeta a su pieza, sintonizaba los programas que a ella le gustaban y luego, un poco antes de comer, Maya le daba unos buenos pesos para que fuera al almacén a buscar alguna golosina para la hora de comida y que de paso trajera un par de buenas botellas de vino, del mejor, del más caro. Ella lo atendía feliz. Se pasaba tardes enteras planchándole las camisas, tarea en que, según Álvaro Vives, la Violeta era maestra absoluta.

—Pero las más de las veces sale, señora.

—¿No te dice adónde va?

—Nadita.

—Sonsácale sin que se dé cuenta.

—Tendrá alguna mujercita, digo yo.

—Bueno, eso es natural.

—Tanto tiempo encerrado. Pobre. Viera las cosas que me cuenta de la cárcel, las cochinadas, señora, por Dios, que hacen los pobres hombres encerrados solos ahí. Claro, qué van a hacer digo yo...

—Sí. A mí también me contaba.

—¿Va a pasar a saludarlo al taller?

—No, no quiero molestarlo.

La Violeta levantaba el visillo de la galería.

—Aguáitelo cómo trabaja, señora.

La Chepa se acercaba a los vidrios, alzaba otro visillo y allá en el fondo del patio lo veía dando instrucciones a alguno de sus obreros o inclinado sobre su cosedora.

Todos los domingos Maya iba a la casa de los Vives llevando el canasto con las empanadas de la Violeta. En el repostero las sirvientas lo atendían con afecto porque Maya era simpático, decían, y porque la señora les había contado su historia tan triste. En los cuatro meses que llevaba afuera le había ido tan bien con su negocio que todas las tiendas buenas se habían hecho clientes suyas. La Chepa le decía a la Fanny:

—Fíjate que donde Mansilla venden las cosas de Maya como si fueran importadas..., vieras qué precios.

—No te lo puedo creer.

—Pasa a preguntar no más.

Y la Fanny pasaba donde Mansilla y volvía con el cuento de que un joyero igual que el que Maya le había regalado a la Chepa para su santo lo vendían como francés. Tuvo la tentación de decirles a esos explotadores que ella sabía muy bien quién hacía esos joyeros, y no era en Francia, era aquí mismo, en la calle San Ignacio...

Maya pagaba sus deudas y documentos puntualmente. La secretaria de Gabriel en la Caja de Crédito Industrial se deshacía en alabanzas de Maya. Él mismo decía que después de pagar le quedaba un buen margen de ganancia. La Violeta se lo contaba todo:

—Anoche le estuve preguntando qué iba a hacer con tanta plata..., viera.

—¿Ah, sí?

147

—Sí.

—¿Y qué dijo?

—Nada.

—Ay, pues Violeta...

—Sí, no me contestó. Me dijo que esperara un poquito y que iba a ver. Que en unos poquitos meses más lo iba a ver manejando auto y todo...

—Qué exagerado es este Maya.

—¿Qué será, no? ¿Por qué no le pregunta usted?

—No me atrevo.

Además, le bastaba ver a Maya con los ojos brillantes, sentado a su cosedora, canturreando alguna cosa en voz baja mientras trabajaba. Hasta que un domingo en la mañana Maya no llegó a la casa de los Vives con el canasto de empanadas. La familia entera, anonadada con la interrupción del ritual, se quedó esperando sin poder explicar qué había sucedido.

—Típico de mi mamá meterse con gente sin saber qué clase de gente son...

—Eso no es lo peor, Meche. Lo peor es que mi mamá tiene esclavizado al pobre Maya. Lo vigila igual como nos vigilaba a nosotras. Y la Violeta es su espía.

—A mí me carga la Violeta.

Álvaro se levantó de la mesa en cuanto pudo para no oír ni tomar parte en una discusión tan desagradable como la que seguramente iba a comenzar. Pero la Chepa también se levantó. Se fue a la casa de la Violeta a preguntar por Maya mientras sus nietos, sin comprender por qué les robaban a la abuela en un domingo, la vieron sacar el auto y se montaron el parachoques para que los llevara desde el garaje al portón, que ellos le abrieron.

La Violeta no sabía nada. Maya había salido esa mañana con las empanadas como todos los domingos y le dijo que volvería tarde: iba a ir al teatro porque esa semana tuvo mucho trabajo y estaba un poquito nervioso. La Violeta pensó que la iba a convidar a ella como otras veces, cuando iban a ver la película del Coliseo y después, a la vuelta, se quedaban un rato hablando de las artistas y tomándose el resto del vino blanco que él sacaba del refrigerador. Pero esta vez se despidió sin invitarla.

La Chepa esperó toda la tarde en la casa de la Violeta. Cuando comenzó a hacer frío se arrellanó en una butaca y sin darse cuenta se quedó dormida. Al despertar vio que las últimas luces se iban retirando de los vidrios, dejando apenas un espectro de tarde pegajosa y húmeda. Cerró los ojos porque de pronto tuvo algo como miedo: tan larga la tarde, tan vacía... tan largo todo. No se puede hacer nada para evitarlo. Cerrar los ojos un poco y tratar de dormir para que el tiempo no se alargue así sin tener nada que poner en él. Sólo Maya. Pero hoy Maya no estaba. La Violeta seguía tejiendo. La tarde se fue haciendo noche y era necesario regresar a su casa y ella no quería porque Maya llegaría de vuelta aquí y tal vez la necesitara y quisiera verla y ella tenía, sí, tenía que estar esperándolo. Se distrajo o se adormeció contando las campanadas de los Sacramentinos dando las ocho. De pronto, Maya está parado delante de ella.

—Por Dios, Maya, creí que le había pasado alguna cosa...

No la saludó. Se metió en su pieza, cerró la puerta y apagó la luz. Había llegado por fin. Pero la Chepa alcanzó a verle el labio duro y las palmas pegadas a su lado como cuando le iba a dar la mano negra. Golpeó suavemente la ventana de su pieza. Maya no respondió.

—Maya...

—¿Qué quiere?

Su voz tenía ese filo.

—¿Qué le pasa?

—¿Por qué no me deja tranquilo?

Es insultante. Un atrevido. Con la mano en la perilla de

la puerta la Chepa se da cuenta de que debe elegir —dejarlo en realidad tranquilo para irse esfumando cada vez más a partir de hoy de la vida de Maya, o quedarse y afrontar los fantasmas. ¿Pero para qué se va a ir? ¿Para que Álvaro la riña por andar despeinada? Apoya su oído contra los vidrios de la puerta como para auscultarla. Pero no oye nada.

—¿Qué le pasa, Maya?

La puerta se abre. Parado en el umbral, muy cerca de ella, casi tocándola, Maya la mira.

—¿Usted cree que soy empleado suyo? ¿Quiere que me pase la vida yendo a su casa para comer con sus sirvientas? ¿Usted cree que porque me ayudó a salir de la cárcel es mi dueña? ¿Usted cree que cuando me viene a aguaitar desde la galería yo no me doy cuenta? ¿Qué quiere conmigo, señora, qué quiere? ¿Por qué no aclaramos las cosas o me deja tranquilo?

No, no, usted está equivocado, no sé qué quiere decir ni quiero saber, pero usted está equivocado..., querría decírselo pero hasta decirle eso sería reconocer algo que no quiere ver en el significado de sus palabras.

—Yo no soy como usted quiere, señora.

Ella quiere decirle que no, que ella no quiere que sea de ninguna manera, que sólo quiere que sea feliz, que la deje ayudarlo a que se aleje de la miseria y de la desesperación para que salga definitivamente a la luz que ella le propone en este plan de vida.

—No, Maya, si yo no...

—No soy como usted quiere. Déjeme... mejor váyase. Yo también me voy a ir a alguna parte...

—¿Adónde..., por Dios?

—No sé, donde pueda esconderme de usted.

Los dos estaban sentados al borde de la cama en la pieza oscura. Este hombre que se destruye a sí mismo igual que todos los pobres, igual que la Rosita Lara y que la Armandina..., es como si supieran que no pueden hacer nada, que la oscuridad, al final, los alcanzará de todas maneras hagan lo que hagan y dejan caer los brazos y dejan que los piojos y las cucarachas y las enfermedades se los coman. Éste está comido por algo. No sé por qué. Tengo que averiguarlo. Tengo que limpiarlo, que sanarlo, como limpio a la Armandina y como fumigo a los chiquillos de la Rosita Lara una y otra y otra vez. Y sin embargo una parte mía lo odia, los odia a todos y quisiera dejarlos con su mugre y sus destinos porque el juego está perdido desde la partida. Sí, odio a Maya y me dan ganas de dejarlo, de irme. Un error haberlo sacado de la cárcel. La mano de Maya está al lado de la suya: al moverse, esos dedos criminales rozan apenas los suyos y la reconocen y se prenden de sus dedos. Maya está hablando:

—...no soy más que un criminal, misiá Chepa. Para qué me fue a sacar de la Peni. Para qué. Voy a embarrarla, va a ver. Tanta cosa linda que he visto por ahí y que no puedo..., y usted recibiéndome en el repostero de su casa, nunca en el salón, y nunca me ha presentado a don Álvaro. ¿Por qué nunca me ha presentado a don Álvaro? ¿Ah? ¿Por qué?

—Es un hombre tan difícil.

—Yo también soy difícil.

—¿Qué fue a hacer, Maya, por Dios?

—Perdí todo. Mañana van a venir a buscar las cosas, los muebles y las máquinas, todo. Hacía tiempo que estaba perdiendo. Y mañana cuando vengan los operarios voy a tener que decirles que se vayan a buscar pega a otra parte porque aquí ya no pueden trabajar, y yo también voy a tener que ir a buscar trabajo...

—¿Pero cómo...?

—El Tani...

—¿El Tani? ¿Qué no era un luchador?...

—No. Mi caballo...

—No entiendo.

—No entiende nada porque yo no le he contado nada. Usted no sabe..., hasta las orejas en deudas: a cada santo una vela con esto del Tani. Hace meses, no, cómo le iba a contar a usted si yo sabía que usted se iba a enojar, claro, y yo sabía que estaba haciendo mal gastando mi plata, lo que tenía y no tenía, en tener al famoso Tani este como un príncipe porque los preparadores me decían que con él iba a hacerme millonario... y me he ido endeudando y endeudando. Bueras tiene la culpa. Él me metió en este caballo. Dijo que se lo vendían de regalo, que costaba diez veces más, y que me dejaban pagarlo a plazos... y caí. Y el caballo fue una mugre. Ay, señora, si usted tenía razón que no me metiera con los Bueras...

—Si cuando conocí a la Marujita en la Peni no me gustó nada...

—Los dos, unos sinvergüenzas, señora, unos ladrones. ¿Usted cree que la Marujita iba a la Peni a vender ropa? Cómo no... Si se hacía la que nos vendía ropa y tomaba las apuestas que nosotros le dábamos escritas, junto con la plata... en eso trabajaba, no de falte. Claro que en la Peni yo tenía suerte, harta suerte, ganaba siempre. Pero salí y ahora le debo el caballo a Bueras, que respondió por mí...

—No hay nada peor que los caballos, nada...

—¿Y cómo usted me dijo que don Álvaro era aficionado a las carreras?

—Antes. Yo lo hice dejarlas.

Siguió contándole, ese caballo, cómo lo quería, cómo iba a verlo, y esta mañana, su última esperanza y no fue a su casa con las empanadas sino a verlo correr y a apostarle toda la plata que pudo conseguir prestada... y nada. Perdió. Todo. Bueras está furioso. Yo no sé qué voy a hacer. Voy a tener que salir a buscar trabajo porque esta semana se lo van a llevar todo...

—No, Maya. Yo puedo hablar, ayudarlo...

Maya le apretó la mano casi hasta quebrarle los dedos. Ella le tuvo que rogar que se los dejara.

—No, no, no quiero. Quiero que me deje solo. ¿No se da cuenta? Con las máquinas y los materiales y los muebles lo pago todo, quedo saneado, sin un peso pero limpio. Voy a ser un obrero, un pobre diablo al que cualquiera puede gritarle y mandarlo..., ahora, ya nunca me va a poder sentar en su mesa, misiá Chepa, nunca. Antes sí. Podía ser..., un tiempo creí que con mi fábrica. Después con el Tani. Pero no. Obrero. Un pobre diablo... Ahora voy a tener que irme de aquí. No quiero que usted me siga vigilando.

—Pero si yo no lo vigilo, no me diga esas cosas. Usted es dueño de hacer lo que quiera.

—Mentira. Me está mintiendo. ¿Ve cómo me miente? ¿Ve cómo me engaña? ¿Cuántas veces a la semana viene a ver a la señora Violeta y me aguaita a ver si estoy en el banco, trabajando, cumpliendo con mis contratos y mis horas? Tiene miedo que yo no le cumpla. No me diga que no porque yo sé que es cierto, yo sé...

—No, Maya, no es cierto, no...

—...y por eso yo no le había dicho nada que estaba perdiendo todo, para que usted no se metiera a enojarse conmigo. Me da una rabia tener que esconderle las cosas para que no se enoje, una rabia. Y a mí me gusta que le dé rabia a usted para ver si me quiere de veras y es capaz de perdonarme.

Maya encendió la luz de golpe, una ampolleta que pareció estallar al prenderse. Él le vio la cara, los ojos cerrados bruscamente, las lágrimas que le mojaban las pestañas. Le gritó:

—¿Qué mierda tiene que perdonarme usted?

Pero ella no abrió los ojos y se quedaron en silencio. Después sintió la mano de Maya tocándole las mejillas.

—No llore, señora.

—No.

—Está llorando por mí.

La voz de Maya había cambiado. Sin filo ahora, como rumiando una idea.

—No me puedo quedar aquí. No puedo. Me tengo que ir. Sí. Sí, me tengo que ir de aquí de la casa de la señora Violeta...

—¿Adónde se quiere ir?

—No sé.

—¿Donde la Marujita?

—¿No ve que no puedo? Es casada, usted sabe eso. Y Bueras está furioso conmigo, no ve que él va a tener que responder por el Tani...

—¿Que no dice que lo va a poder pagar todo?

—No se meta, señora, no se meta, por favor... Yo sabré. Créame, soy capaz de arreglar mis cosas sin usted. Créame, no soy una guagua..., no soy un criminal...

—No, si no.

—Bueno, entonces.

—¿Adónde se va a ir?

Maya se paró.

—¿Qué mierda le importa a usted? ¿Por qué no me deja tranquilo? Voy a irme a vivir donde me dé la real gana. Y usted no va a saber. No le pienso decir. No va a saber nunca nada más de mí. Nada más que lo que yo quiera decirle. Y me va a ver nada más que cuando yo quiera verla a usted. ¿Entiende? ¿Entiende?

Maya comenzó a sollozar muy callado y el corazón de la Chepa se le heló en el pecho. No podía dejarlo morirse. Tenía que hacerlo aceptar su ayuda otra vez. Y poco a poco, venciendo el orgullo y las negativas de Maya, lo fue haciendo aceptarla: sí, entonces mañana mismo ella hablaría con Gabriel en el banco. Ella le prestaría plata si le faltaba para no ser un pobre diablo, sí, sí, podía hacerlo, ella tenía unos reales guardados, sí, no faltaba más... sí, sí, con tal que él instalara su taller otra vez, porque en realidad era un estupendo talabartero, muy pocos como usted, Maya, le juro, yo no he conocido otro mejor. Una condición: que no vuelva a jugar a las carreras. Sí. Eso tiene que prometérmelo. Maya prometió. Pero él también puso sus condiciones.

—Lo que usted diga, misiá Chepa. Menos una cosa. No quiero vivir más aquí. No puedo. Me ahogo. Me quiero ir hoy, mañana mismo y no quiero volver más. Y no quiero que usted sepa adónde vivo. Y no quiero volver más a su casa hasta que no pueda sentarme con don Álvaro...

Si Maya supiera que Álvaro no se sienta nunca con nadie, siempre, siempre se sienta solo: la ilusión de Maya no se cumplirá jamás. Pero no importa. Tal vez otras cosas sí. Acepto sus condiciones, Maya. Lo que usted disponga con tal que no entre a la sombra de nuevo, con tal que tome lo que yo le ofrezco.

Durante una semana, como convinieron, la Chepa no fue a la casa de la Violeta. Quedaron en que esperaría hasta que Maya liquidara sus cosas y partiera. Por último la Violeta le avisó que todo estaba listo. Recorrieron los cuartos vacíos donde quedaban recortes de cuero detrás de las puertas y metidos en los guardapolvos. Maya no quiso decir adónde se iba. Dejó dicho que la llamaría por teléfono. Entonces la Chepa se fue a su casa porque no podía hacer nada más que esperar. Ser abuela de nuevo: los niños como un racimo en su cama aunque ya eran grandulones. No iba a la población. Las mujeres que iban a verla le contaban la falta que les hacía. Pero no. Para qué. Eso ya no la satisface. A veces, en la tarde, sale en su auto a dar vueltas por las calles del centro.

Hasta que un día Maya la llamó. Quedaron de juntarse en una esquina y ella lo recogió en su auto. Dijo que no había querido llamarla hasta estar firme y poder hacer frente a sus obligaciones. Traía un sobre lleno de billetes para pagarle. No todo, claro, pero sí las primeras cuotas de su deuda y hasta un poco más. Cuando se despidieron la Chepa lo dejó en una esquina y con el ruido de su motor tuvo que ahogar su ansia de preguntarle: ¿Y qué más, Maya? ¿Y usted, Maya? ¿No tiene nada que decirme o que pedirme? ¿Ya no me necesita para nada? ¿Me va a dejar así, existiendo a medias, hasta que me llame otra vez, hasta que vuelva a pedirme algo? Maya se perdió en la multitud del centro.

De cuando en cuando Maya la llamaba para pagarle sus cuotas personalmente y la llevaba al Astoria a tomar un helado o un café y conversaban un rato. Estaba bien. Había engordado. Se había dejado crecer un bigotito renegrido que le tapaba el lunar, transformándolo en uno de los tantos pequeños comerciantes o industriales que en las tardes, fumando, se juntaban en las puertas de los cafés del centro para mirar a las muchachas que pasaban o para cerrar un negocio.

Pero pasado un tiempo Maya dejó de llamarla.

Lo malo era que iba atrasado dos o tres meses en sus pagos, no sólo a ella sino también al banco, y Álvaro se puso muy desagradable cuando lo llamaron para que su firma respondiera. La Chepa agachó la cabeza. La Chepa iba donde la Violeta de vez en cuando para averiguar si por casualidad ella sabía algo de Maya. Pero su respuesta era siempre la misma:

—¿Qué voy a saber yo de ese sinvergüenza?

Un día, la Mirella llamó a misiá Chepa por teléfono para pedirle que por favor fuera a ver a su madre, que estaba muy, muy mal, que no sabía qué hacer. Encontró a la Violeta en cama, magullada, con un ojo en tinta, estropeada y golpeada. La Chepa despachó a la Mirella —anda a comprar alcohol, mujer, comida y una venda para que atiendas a tu madre, chiquilla floja y malagradecida, anda, te digo, que tengo que hablar con la Violeta.

En cuanto salió la Mirella de su pieza, la Violeta se cubrió la cara con una punta de la sábana y comenzó a sollozar. Sí. Sí. Ella era una cochina. Siempre había sido una cochina. Y ahora de vieja, Dios mío, creía que ya no más y que se iba a quedar tranquila, hasta que el tal Maya llegó a su casa... Dios mío, qué terrible, qué meses más espantosos.

—¿Qué edad tienes, Violeta?

—Cincuenta y ocho.

Yo tengo cincuenta y cuatro.

—¿Y qué más?

Entre sollozos la Violeta siguió contando. No. No eran amores. Eran amigos, sobre todo al principio, compañeros. Cuando se quedaba en la casa él la convidaba a ver la televisión a su pieza y se tomaban unas botellas —bastantes botellas, porque el tal Maya era borrachazo. Sí, eso usted no lo sabía misiá Chepa porque me pidió que no le contara, y ríete que te ríe, casi sin saber cómo, una noche se fueron a la cama.Ella, una vieja. ¡Qué vergüenza! Pero qué le iba a hacer. Siempre había sido así. Así había nacido la Mirella. Cuando Marín no quiso casarse con ella y se casó con una que tenía tierras y vacas. Se fue con el primero, el dueño de la carnicería donde compraba la carne para la casa de misiá Elena. Pero la Chepa no escuchaba. Maya haciendo el amor con esta mujer que era cuatro años mayor que ella.

—Bueno. ¿Y esto?

Anoche Maya había llegado a verla cuando ya estaba acostada. Venía mal. Muy mal. Medio borracho. Lo había perdido todo otra vez: las carreras, como de costumbre, y las mujeres. Esas Marujitas Bueras o quizás otras. Qué sé yo. Y las comilonas y las tomatinas que le gusta convidarles a sus amigos..., en esas tonteras se gastaba la plata. La que tenía y la que no tenía. Y le pidió plata.

—¿Le habías dado·antes?

—Sí, señora.

—¿Cuándo?

—Estos meses.

—¿Cuando yo no sabía dónde estaba?

—Sí.

—Y lo estabas viendo.

—A veces venía, pero me hacía jurar que no le iba a decir nada a usted.

—Yo creí que no tenías plata.

—Él me la quitó toda. Toda, todita. Y anoche, cuando vino borracho, quiso que le diera más y yo le dije que no tenía y como sabe que yo la guardo aquí en el colchón me botó de la cama. Pero estaba borracho y no pudo sacar nada y se tiró en la cama conmigo. Por Dios, ¿no señora?

—Sigue.

—Yo le dije que se quedara. Y entonces, señora, entonces sí que se puso furioso de veras, y dijo que todas son iguales a usted, a la tal Chepa, eso dijo, maldita sea, eso también lo dijo, perdonavidas, cada vez que me perdona algo quiero hacer más y más cosas malas, eso dijo... Y que yo era igual a usted.

Igual pero envidiable, Violeta, tú que no entiendes, tú que no sabes, tú que te dejas arrastrar mientras yo miro desde la periferia sin confesar nada, pero que siento envidia por tus magulladuras. Maya te viene a ver a ti en la noche mientras yo me seco esperando junto al teléfono.

—...igual a usted, que las dos queríamos comerlo, tragarlo, controlarlo, deshacerlo, y que él no se iba a dejar y entonces comenzó a pegarme, misiá Chepa, mire cómo me dejó este sinvergüenza...

Al día siguiente la Chepa fue a todas las tiendas donde Maya dejaba su trabajo para que le dieran el mensaje que ella andaba buscándolo. Pero hacía tiempo que no lo veían. No había cumplido sus últimos compromisos. Fue donde la Marujita, pero se había cambiado de casa hacía tiempo. Una vecina le contó que se separó de su marido. Que ahora andaba junta con un hombre y tenían un tiro al blanco en esa población del basural: entre el ferrocarril al puerto y el río. La Chepa esperó pero Maya no aparecía.

Cada mes pasaba por las tiendas a ver si sabían algo de él, pero nada: se había perdido al fondo del desierto, irrecuperable en una nube de polvo. Todo parecía perderse en una nube de polvo ahora. La Fanny casi no la llamaba: a la Chepa no le costaba nada imaginar que la Fanny diría se está poniendo tan rara la Chepa Rosas te diré. Sus nietos en sus rodillas: mandandirundirundán y este niñito se comió un huevito y los niños, sí, los niños, los niños están grandes y se aburren con estos juegos. ¿Dónde estará Maya? Pobre hombre. Queda el refugio de lo cotidiano y lo maquinal, el precio de las papas y el género para el delantal de la Antonia: el limbo de las mujeres. ¡Bendito limbo!

Hasta que un día, casi un año más tarde, Maya apareció en su puerta. Lo hizo pasar. Se había afeitado el bigote y su lunar parecía más grande, casi como una cucaracha al borde del labio. Flaco y más nervioso que nunca, andaba con los zapatos deshechos y polvorientos y el traje azulino, el primero que compró al salir de la Penitenciaría, desteñido y en andrajos. En cuanto cerraron la puerta de la pieza del piano Maya cayó de rodillas, callado, pero con el aliento pesado de vino. Ella le acarició el cuello. Hacía tanto tiempo que quería hacerlo. Estaba dispuesta a creerle. A darle lo que le pidiera. Lo que quisiera. Le dijo que por favor lo olvidara todo. Que nada tenía importancia. Que lo ayudaría a comenzar de nuevo, en todo, en lo que quisiera, como quisiera, que olvidara la deuda, el compromiso del banco, todo, todo. Pero no le dijo que quería pedirle una cosa porque no sabía qué era. ¿Seguir acariciando para siempre esa nuca humillada? Tal vez irse con él. Dejarlo todo. Pero no lo decía porque era imposible. Urgía mandarlo antes que nada donde un buen médico que le hiciera un tratamiento para la borrachera. Pero no. Tampoco. Eso no solucionaba nada. El mal estaba en otra parte. Maya no hablaba. Sus orejas están heladas. El cuello de su camisa deshilachado. Lo que quiera, Maya, lo que quiera...

—No, señora. Ya no. Es inútil.

—¿Pero por qué, Maya? ¿Por qué no me cuenta lo que le pasa?

—Es que no sé, señora...

La Chepa tuvo miedo. Pero qué importa. Quiero saber qué ha hecho, dónde ha andado, qué puedo hacer por usted, Maya, por Dios, déjeme, una vez más, por favor, mire que si no yo también me muero, déjeme, Maya, déjeme.

—No, ya no...

Él habla. Todo perdido. Hasta los amigos. Se pone furioso cuando toma vino. Y de repente lo agarra la mano negra, se acuerda, señora Chepa, de la mano negra que a veces sale de no sé dónde y me agarra y me tumba. Entonces, alguien me recoge. A veces un hospital. O un asilo. Unas monjitas... o cualquier persona, yo ya ni sé, ni me acuerdo de las personas que voy conociendo, las olvido al tiro, y me quedo mirando el techo, varios días, una semana a veces, con esa pena que usted sabe, claro que sé Maya, claro, cómo no voy a saber. Acuérdese de esa vez en el hospital y que usted no me reconoció. Fui al norte. Me dieron ganas. No, no tenía, pero caminando los camioneros lo llevan a uno y a veces le convidan un trago y hasta lo dejan dormir en el camión..., a Tocopilla, de ahí a mi pueblo. Quise ir. Pregunté dónde era porque ya no me acordaba. ¿Cómo podía llegar? Pero me dijeron que ese pueblo ya no existía, señora Chepa. Fíjese. Ya no existe. Puro polvo. Sí. Pero usted sabe lo mañoso que soy. Esperé hasta que conseguí un camión que iba por esos rumbos. El pueblo no era más que una pila de escombros, secos, secos como todo lo del norte, casi blanco, y no se reconocía nada, ni siquiera la sombra de un pájaro de rapiña circulando. Se había terminado todo. De puro pobre. La mina estaba en otra parte. Y ni siquiera pude reconocer los escombros del almacén del chino que maté, ni la casa donde vivía. Y me fui. Después anduve por otros lados y era como si una parte de mi cerebro se hubiera acabado, también, como ese pueblo donde no pude encontrar ni un rastro de nada que yo entendiera... ¡Cómo quiere que vuelva a comenzar entonces, no puedo, porque no sé desde dónde! No, misiá Chepa, usted es buena, yo sé, pero no puedo. Yo nací para esto. Me enojaba cuanto usted me recibía en el repostero, con las sirvientas, pero hasta eso es mucho...

—No diga eso...

Maya se ríe, sobando el brazo del sofá.

—Terciopelo.

—Sí.

—¿Cómo se llama este color?

—Taupe.

—Bonito.

—Pídame lo que quiera, Maya.

Pero ya no quiere nada. Está diciendo que no sabe qué va a hacer. Si le dieran unos cuantos pesos y un poco de comida él se iría, esta vez para el sur, o atravesaría la cordillera, en fin. También tenía su encanto ser libre. Hago lo que quiero. Pero vuelva, Maya. Cuando algo le pase, avíseme, voy a estar esperando..., no se vaya todavía, Maya, espere. Vuelva. Lo acompaño hasta la calle.

—Prométame una cosa, Maya.

Está parado en el mantel de flores blancas alrededor

del acacio y un airecito de primavera anda enloquecido.

—Prométame una cosa.

—¿Qué cosa, misiá Chepa?

—Que no va a hacer nada... grave...

El rostro de Maya se nubló.

—¿Ve, pues señora?

—¿Qué?

—Tanto perdón y tanta ayuda, pero no tiene confianza en mí..., por eso es que hago maldades..., porque usted no tiene confianza en mí.

—Yo...

—Usted tiene miedo. Nunca ha dejado de creer que soy un criminal. ¿Para qué me sacó de la Penitenciaría si no estaba segura?

—Cómo se le ocurre decir una cosa así.

—No cree en mí.

—Sí creo.

—No.

—Maya...

—No cree.

—¿Porque lo hago prometer?

—Me quiere amarrar las manos otra vez.

—¿Cómo?

—Usted sabe, con ayuda.

Maya movió la cabeza.

—No, pues señora, no...

—Pero prométame...

—No prometo nada.

—No se vaya.

Pero ya se iba alejando. Y un poco más allá se perdió.

Casi sin haber dirigido el auto hacia ellas, las calles conocidas se ponen angostas. Sobre los alambres de la luz aparece la torre de los Sacramentinos. Es tranquilizador entrar a una iglesia casi desierta en la tarde: sentarse en un banco de atrás, el olor a incienso, alguna cosa de oro relumbrando, la cola de beatas en el confesionario, una tose y se arropa y el gangoseo de otras beatas dispersas en la nave. Un día de éstos va a entrar como antes. Pero ahora no, no tiene tiempo, después, quién sabe cuándo, porque si ahora se detiene en cualquier cosa algo se le puede ir para siempre. Entonces nunca más el consuelo de una iglesia fría en una tarde de invierno ni ningún otro consuelo. Las casas viejas, grises. Una ventana, una puerta, una ventana, otra ventana donde una mujer sopla sobre un brasero. Todas estas manzanas eran de propiedad de misiá Elena y de sus hermanos: casitas para renta, decían. La calle con el pavimento roto. Los niños que juegan a la pelota en la calzada se abren para dejarla pasar. Uno le agita una mano. ¿Quién será? Se cierran y siguen con su eterno juego: la casa de la Violeta. Amor. Amor.

Frena con furia. La palabra es insultante en la boca de Álvaro. Todavía escuece. Pero que la haya usado con respecto a ella y a Maya, y con rabia, sí, con rabia, eso no se lo va a quitar nadie, la libera como un golpe que hubiera cortado sus amarras. Puede ir donde quiera. Hacer lo que quiera. Pero después de buscarlo y encontrarlo y salvarlo otra vez, como siempre, ya no sabrá qué hacer. Amor. Amor, dijo Álvaro. Pero al golpear los cristales de la mampara de la Violeta se ríe porque no sabe qué hacer con la palabra absurda, como ya no sabría qué hacer con el visón de que hablaban la Tita y las Estévez.

—Qué contenta viene, misiá Chepa...

—Qué frío, mujer, por Dios...

—Pase...

Mientras la Violeta cerraba se quedaron en el pasillo. Sólo las garzas de los cristales, como si aparecieran en la niebla.

La Chepa detiene a la Violeta y le dice con voz de conspiradora:

—Fue a verme esta mañana.

—Por Dios, señora...

—¿No ha aparecido por aquí?

La Violeta junta las manos.

—Ni Dios quiera, señora, por Dios...

—Pero anda suelto.

—Me dijo don Álvaro esta mañana.

—¿Dónde estará?

—¿Para qué va a buscarlo, señora?

—¿Sabes lo que le dijo Álvaro?

—Sí, me contó. Andará furioso Maya.

—Puede hacer alguna tontera.

—No vaya a venir para acá, Dios mío.

—Por eso vine.

—La Marujita sabrá...

—Sí. Voy a ir a hablarle. Se está haciendo tarde.

Una guagua chilla en el interior de la casa. La Chepa siente el olor. Avanza por el pasillo.

—¿La Maruxa Jacqueline?

La Violeta sonríe.

—Sí. Viera.

—¿Y están la Mirella y Fausto?

—Sí, no los he dejado irse porque tengo miedo que aparezca Maya y me encuentre sola. Usted sabe cómo es cuando anda enojado.

—¿Y cómo está la niña?

Una sonrisa vuelve a teñir la cara de la Violeta.

—Venga...

El dormitorio de la Violeta está hediondo a brasas, a caca de guagua, a leche. Junto al brasero, en el respaldo de una silla, se secan los pañales. Fausto lee el diario recostado en la cama. A los pies, dándole la espalda, la Mirella sostiene en brazos a la Maruxa Jacqueline, agita la

164

mamadera, la prueba y la ensarta en la boca de su hija. La luz es de una lámpara de cuatro brazos con una sola ampolleta buena.

—Mire, Maruxa Jacqueline, quién viene a conocerla.

Fausto y la Mirella alzan la vista y se ponen de pie. La Chepa avanza hasta la cama, deja sus martas y se acerca a la Maruxa Jacqueline. Le hace un cariño en la cara y la niña sonríe. Tiene un solo diente, igual que la Mirella.

—¿Cómo está, mi linda?...

—Buenas tardes, misiá Chepa. Saluda pues Fausto, tan bruto este tonto...

—Buenas tardes, señora.

—Quihubo, Mirella. Buenas tardes, Fausto. ¿Cómo han estado? Qué rico, qué calentito está aquí dentro. A ver, pásame a la Maruxa Jacqueline.

Las tres mujeres revolotean alrededor de ese paquete de trapos que han acostado en la colcha de raso. Fausto mira complacido. No debes fajarla tan apretado pues Mirella, te diré que la gente ahora casi no faja a las guaguas, ves, está cocida, por fajarla tanto con estas humitas te pasa, a ver, déjame a mí, ves, así. Se parece a la Violeta encuentro yo, bueno, no sé, como no conozco a la mamá de Fausto no puedo saber, pero a la Violeta se parece, no seas porfiada, Mirella, no tan apretado te digo..., a ver, dame esos pañales si están secos. Cuando está lista, la Mirella toma a su hija y Fausto, mudo, se la pide. En ese momento la Maruxa Jacqueline lanza un chillido. La Violeta dice:

—Qué vozarrón, va a servir para suplementera...

Fausto se ríe, meciéndola hasta que se calla. La Violeta calienta una tortilla en el rescoldo que aparta a un lado del brasero y le sirve una taza de té muy negro a la Chepa, que se sienta en la silla donde todavía queda un pañal. ¿Qué se puede hacer para que las guaguas no se cuezan tanto? Y la Maruxa Jacqueline no es nada de miona...

Fausto se vuelve a tender a medias en la cama sosteniéndose en un codo, y toma el diario como para abrirlo, pero no lo abre porque está escuchando la conversación de las tres mujeres: los pañales, la mamadera no tiene que ser tan caliente dicen, te diré que cuando nació la mayor de las mías... Si en la noche duerme de lo más bien y al Fausto no le toca nunca levantarse, y no llora, no crea, lo único malo es que mi mamá tiene el sueño tan liviano. Pero si te digo que yo puedo dormir en las piezas de atrás, Mirella, y ni oigo a la niña y como aquí hay espacio de más vamos a quedar de lo más cómodos, vas a ver...

—¿Qué le parece a usted, Fausto?

—Muy bien, misiá Chepa...

Antes que ella llegue se han puesto de acuerdo que esa misma noche van a dormir en la casa de la Violeta. Que se van a trasladar, porque la señora Violeta no se atreve a quedarse sola con este asuntito de Maya...

—Qué tontería, Violeta, qué te va a hacer.

—Ay, señora...

—Hace tanto tiempo. Acuérdate que al final rondaba mucho más a la Marujita Bueras que a nosotras. Si va a molestar a alguien va a ser a ella.

—¿Le parece?

—Vayan a buscar unas cuantas cosas para que pasen aquí esta noche y yo me quedo acompañando a la Violeta mientras tanto. Pero apúrense.

Cuando la Mirella y Fausto se fueron cerraron las persianas. Y hablaron de cosas, de muchas cosas fáciles y blandas, de misiá Elena, y qué será ahora de sus hermanos y de los hijos y nietos de sus hermanos, ya casi no los vemos porque tú sabes, Violeta, las familias se separan y con los nietos propios uno ya no tiene tiempo para nada y la Meche y la Pina tú ves cómo son y mis nietos ya están grandes, yo casi no conozco a los suyos cómo va a ser por Dios, pero sé que son cinco... y lo que cuesta conseguir té realmente bueno y aceite como el que venía antes, de ese aceite Betu, te acuerdas. Y cuando la Violeta salió para traer más brasas del patio comencé a tener miedo otra vez. No por la Violeta. Por Maya. ¿Qué estoy haciendo aquí preocupada de la Jacqueline Maruxa o Maruxa Jacqueline y del aceite Betu? Ya van dos horas, dos horas y media, tres horas que estoy acompañando a la Violeta, esperando que usted venga, Maya, pero no viene. Está donde la Marujita. O ella sabrá donde está, en alguno de los laberintos de esa vida que no conozco, riéndose de cosas que no conozco, odiando y codiciando y queriendo a gente que no conozco. La Marujita es la puerta. Pero no puedo dejar sola a la Violeta. Se recuesta junto a la Maruxa Jacqueline. Se enrolla las martas al cuello. Empuña las manos mientras la Violeta se inclina para acomodar las brasas en la ceniza, las suelta, no, no, no debo estar nerviosa. Pero no estoy nerviosa. Lo único que quiero es irme de aquí para buscarlo. Las corvas de la Violeta son jóvenes. Una idea cruza su mente y aclara cosas vagas:

—Violeta...

—Señora.

—Dime una cosa.

La Violeta se acerca a la cama.

—¿Qué cosa, misiá Chepa?

—Se me acaba de ocurrir algo.

—Qué...

—No tengas miedo.

Ella lo tenía.

—No.

Lo mejor era preguntárselo directamente.

—¿Tuviste alguna vez amores con Álvaro?

La cara de la Violeta se descompuso. Se la cubrió con las manos y apoyó los codos sobre la baranda de bronce de la cama. Que llore, que llore, esta mujer que de pronto ha dejado de ser extraña y que no me interesa. Qué vergüenza, señora, qué vergüenza, sí, es cierto, pero una es así, como embrujada digo yo, qué le va a hacer, y don Alvarito tan solo el pobre en la casa de Agustinas, sí, don Alvarito..., un tiempo. Mucho tiempo. Pero no se le vaya a ocurrir, señora Chepita, por Dios, que después que se casó con usted, no, no, eso no, no vaya a creer que una es una sinvergüenza malagradecida, le debo tanto a misiá Elena y a ustedes que no sé cómo puedo ser así..., bueno, mujer, bueno, no te agites, mira que te va a dar infarto y no vale la pena. Pero la Chepa se levanta y se pone los guantes. No vale la pena porque hace tanto tiempo. La Violeta ha planteado una posible competencia: irrespetuoso, claro, algo que no debe suceder con una sirvienta, pero que también libera de tantas cosas... Acaricia la mano de la Violeta.

—Me voy.

—Está enojada.

No debes darte cuenta.

—Ay, mujer, por Dios, cómo se te ocurre.

—Va a dejarme sola y puede venir.

—No, no va a venir.

—¿No?

No estoy segura. Estoy mintiendo para que la Violeta no me detenga porque quiero ir a buscarlo... Liviana y libre ahora, azotada por toda clase de ventarrones que nada tienen que ver con este cuarto donde respira una guagua y hay brasas y tibieza. Soy igual a la Violeta. Puedo ir a buscarlo. No a salvarlo. Nada más que a buscarlo. Qué fácil es echar una mentira.

—No. Y ya debe estar por llegar la Mirella.

—¿Dónde va a ir a buscarlo?

—No sé. Donde la Marujita primero. Después no sé.

—No le vaya a pasar algo.

—Ay, Violeta, qué miedosa te estás poniendo...

—Con lo vieja será...

Se dirige a la puerta del dormitorio.

—¿No le va a decir adiós a la Maruxa Jacqueline?

La Chepa finge no oír y sale.

Una... dos... tres... cuatro...

No, tres. La última no es una animita sino el reflejo del foco de su auto en una lata tirada en la línea del tren que va al puerto. Pero siguen más allá: cuatro, cinco. Dicen que accidentes, por el tren. No es cierto. Al otro lado crece y crece esa población, una red que recoge a la gente que la ciudad bota como desperdicio: un laberinto de adobes y piedras y escombros, de latas y tablas y calaminas hacinados de cualquier manera, sin orden, gente que llega con unas ramas y unos ladrillos y los junta con un poco de tierra, lo afirma con unas piedras y unos clavos, y entonces, otra célula más queda agregada a este cáncer que crece y crece. Más allá, un basural. Más allá, el río. Y más allá aún, torres trasmisoras y señalizadoras y tanques de gas y luces coloradas que circulan o permanecen quietas señalando algo.

La Chepa conoce esta población de día y sólo la parte de afuera, la que da a una calle que vomita a los habitantes harapientos de la población dispersándolos por la ciudad a buscar trabajo, a robar o a divertirse. Ellos son las animitas. Ellos y no el tren son los que hacen las animitas. Las llamas de las velas tienen una fragilidad especial cuando uno ve las animitas en una tarde oscura y está a punto de llover. Estaciona el auto y baja una pequeña cuesta.

Sabe que en poblaciones como ésta los tiros al blanco quedan en la periferia. Pero aquí no hay periferia: al pie mismo de la cuesta se establece el caos y se inicia el laberinto. No debo. Quiero regresar. Está demasiado oscuro y no sé adónde ir. Se me olvidó cerrar el auto y sacarle el limpiaparabrisas que seguramente me van a robar. Pero no puedo volver. Qué lata subir esta cuesta con mis tacos.

Divisa algunas puertas iluminadas, ventanas con una luz débil adentro, pero basta moverse un poco para que los cuerpos de otras cosas, montones de escombros o muros a medio levantar, interpongan sus oscuridades y la disposición de las luces cambie. La casualidad de la construcción no presupuesta perspectivas ni calles, de modo que no hay más que una inmediatez de paredes y boquetes por los que la Chepa avanza —o retrocede o circula, no sabe porque en la oscuridad todos los muros son idénticos. En todas partes el barro se pega a sus zapatos. Rostros la observan desde la penumbra de los interiores. Tres minutos después de llegar ya no sabría regresar al sitio de donde partió. Llama a una niñita que ve chupándose el dedo en un umbral.

—Oye. ¿Dónde está el tiro al blanco?

—¿Quiere jugar?

—No... no sé. ¿Por dónde?

—¿Me paga una serie?

—Estás muy chica.

—Entonces no la llevo.

—Atrevida.

—¿Qué son esos perritos que tiene en el cogote?

—Martas..., llévame te digo.

—La llevo si me regala un perrito de ésos.

—No, te pago una serie de tiros.

La chiquilla comienza a saltar. La Chepa tiene que correr para no perderla de vista en la maraña de chozas que crecen hacinadas, unas como excrecencias de las otras. Pasan por boquetes y desfiladeros, cruzan de pronto por una pieza que no tiene suelo ni techo donde dos hombres juegan al monte sobre un cajón de azúcar, y luego entran por otro recoveco y salen por un hoyo: una fláccida guirnalda de ampolletas circunda el proscenio a que sale. Más allá de la guirnalda millones de ojos la contemplan desde la oscuridad. Acodada en la baranda de madera, bajo las banderolas de papel de volantín mosqueado y desteñido, está la Marujita mirando la oscuridad, con tres fusiles a su lado. La Chepa no ve más que su permanente crespa, los rollos de sus caderas, sus piernas amoratadas. Pero es ella. Tiene los hombros encogidos y los brazos cruzados sobre la blusa para protegerse del frío. La chiquilla es tan chica que apenas tiene que agacharse para pasar por debajo de la baranda y se acerca a la Marujita, que trata de quitarle el fusil que la chiquilla toma. La Chepa aguarda entre los blancos. La chiquilla le dice algo a la Marujita, que deja el fusil en sus manos y se da vuelta. Las facciones amoratadas en el centro de esa carota pintada, los ojos que ya no se dan ni el trabajo de mirar; el labio inferior que tirita. Señora, fue a buscarla, cómo no lo va a haber visto, entonces va a ir donde la Violeta, eso dijo esta mañana cuando salió. Sí, sí, estaba aquí, vivía conmigo en un ranchito más allá, para ese lado..., quería ir a verla, que lo ayudara, que nos ayudara a los dos y le iba a prometer.

—¿Se acordaba de mí, entonces?

La Marujita lo ha cuidado tanto. Hace años que Maya no encuentra trabajo, y se pierde durante meses, y vivimos de este tiro al blanco y usted ve que es bien poco el movimiento que hay. Pasa meses en el hospital de los borrachos y sale y entonces vuelve donde ella, que dejó a Bueras por Maya cuando Maya lo estafó, y también dejó a su segundo marido cuando Maya volvió del norte esa vez. A su segundo marido no le gustaba que Maya anduviera rondando la casa todo el tiempo y llegara a dormir durante meses en el suelo no más, como un quiltro, al lado de la cama donde dormíamos nosotros, y un tiempo lo tuvimos aquí al cargo del tiro al blanco, pero tomaba mucho y se robaba los fusiles y los empeñaba, usted ve, ahora me quedan estos tres no más. Compré diez de los buenos con lo que ahorré cuando era falte. Claro que en el verano es mejor. Y los domingos. Pero no crea que mucho mejor. Con tres fusiles es bien poco lo que se puede ganar, ya chiquilla, deja eso, ándate si no quieres que te dé una cachetada. Y entonces Maya llegaba a la casa flaco, flaco, viera, con los ojos esos pedigüeños que usted le conoce, y una sabe que cuando miran así sin mirar le va a dar la mano negra al pobre y se va a tener que quedar acostado qué sé yo cuánto tiempo mirando el techo..., en fin, para qué le cuento, usted sabe. Dice que de repente le va a dar la mano negra que le va a durar para siempre. A mí se me ocurre que es ahora, porque ahora último andaba muy malazo le diré...

—...y decía que usted tenía la culpa.

—¿Yo?

—Sí. Por haberlo sacado de la cárcel. Estaba tan bien allá adentro. Y es cierto. Y después le dio por botarse a ricachón y ahí fue donde engañó a Bueras, y a jugar a los caballos y todo eso, pidiendo plata prestada y cuando ya no le quedaba nada le dio por tomar. Dice que el hospital de los borrachos le gusta porque es parecido a la Peni.

—¿Dónde está?

—¿El hospital?

—No. Maya.

—Fue a buscarla a usted.

—Sí, sí, pero después.

La Marujita se paró derecha. Dejó caer sus brazos.

—Mire señora, ya está bueno con esta cuestión. Harto mal que nos ha hecho usted con su buen corazón. Búsquelo. Puede estar en cualquier parte, hasta aquí en la población en alguna parte, es muy grande y no la conozco entera. Yo ya estoy cabreada con la cuestión. Y Maya decía que si usted quería darse el lujo y el gusto, bueno, que lo pagara...

—¿Qué lujo?

172

—...que usted estaba caliente con él.

—¿Decía eso?

—Fue a buscarla para eso, porque no tenemos nada.

La Marujita se quedó mirándola.

—Usted sabe, él le tiene miedo. A veces cuando se tendía en la cama comenzaba a hablar y hablaba de lo buena que había sido usted con él..., ni su madre, decía, nadie. Y otras veces piensa que usted lo va a venir a buscar y se esconde y se arranca o cualquier cosa con tal que usted no lo encuentre y dice que lo va a venir a buscar para ponerlo a trabajar otra vez y se va a quedar vigilándolo. Y otras veces, especialmente cuando está curado, dice que lo único que usted quiere con él es eso, que está caliente, nada más, y llora porque la echa de menos. ¡Para qué fue a sacarlo, señora! ¿No se podía haber entretenido haciendo otra cosa? Antes, cuando estaba en la Peni, él y yo nos escribíamos y nos queríamos, pero después, ahora que vivimos juntos, nunca estamos solos porque siempre está acordándose de usted, y cuando está borracho y me besa en la cama, cierra los ojos y una vez dijo su nombre, como si yo fuera usted.

—¿Y ningún otro nombre?

—¿Cuál otro?

Se le trabó la lengua para pronunciarlo:

—Violeta.

—Hoy, esta mañana, dijo Violeta. Pero salió a buscarla a usted, yo lo conozco, cuando mira así, y sin necesidad de que hable, que está pensando en usted. Porque aunque hable mal de usted a usted la quiere. A veces dice que es una puta..., usted sabe cómo son los hombres, creen que todas las mujeres son putas. Pero a la Violeta no la quería. Nada. Egoísta, decía. Avara. Y dice que se cree... Pero otras noches, especialmente cuando estaba cariñoso, yo sabía que estaba pensando en usted...

—¿Y entonces decía Chepa?

—No: señora Chepa.

—Ah... ¿Y fue a buscarme?

—Así dijo. Que estaba aburrido conmigo. Que usted no lo iba a dejar morirse de hambre. Pero usted dice que no lo ha visto. Capaz que ni siquiera haya salido de la población...

Puede estar. Esta mujer va a impedirle que lo busque porque no la quiere, porque tiene celos. Lo mejor es apretar la boca contra el frío y las tentaciones y huir de ella, negarse, no darle la limosna que le pide, dice que no tiene con qué comer, voy a tener que empeñar la guirnalda de ampolletas y hay tantas quemadas, o los fusiles y entonces después qué hago. Cierro la boca y le niego la limosna aunque se muera de hambre. Prefiero agacharme y pasar por debajo de la baranda y salir a la oscuridad sin oírla porque no quiero seguir enredándome. Estoy cansada de salvarlo. De perdonarlo. No es lo que hay que hacer. Lo único es permitir que la mano negra de Maya se apodere de mí también y entonces sí...

Va cruzando la cancha de fútbol cercada por el monstruo de la población que se extiende y crece, por ese laberinto de covachas que dibuja su línea áspera bajo la tapa del cielo: tiene que entrar en el laberinto para poder salir. No sabe por dónde, ni hacia dónde. Al otro lado de la cancha de fútbol está el tiro al blanco rodeado de su guirnalda de ampolletas. La Marujita podría decirle hacia dónde, pero la dirigiría lejos de Maya, nunca le enseñaría a buscarlo: acodada en la baranda, la Marujita mira hacia la oscuridad donde ella se ha perdido.

Tiene que pasar de costado entre dos paredes que casi se tocan. Sigue por el desfiladero. En una ventana repentina, sin luz, la cara de un hombre mirándola a unos cuantos centímetros: siente su aliento de tabaco y de sus dientes amarillos. Huye. Siguen abriéndose alvéolos irregulares, multiplicándose los muros hechos con desperdi-

cios de construcción, de lata, madera y adobe, una pared
con un umbral sin puerta y nada detrás, ventanas minúsculas sin vidrios, una ampolleta que casi no ilumina rodeada de seis caras que comen, humo de fritanga, el bal-
buceo demente de una radio, un boliche que vende papas
y volantines del año pasado y cocacola. Casi no puede caminar con sus tacos altos.

La chiquilla está al frente mirándola.

—¿De dónde saliste?

—¿Qué le importa a usted?

—¿Por dónde salgo?

—Le digo si me regala un perrito.

La chiquilla no sabe. Sólo la quiere robar. Se enrolla
más las martas al cuello. Alguna persona grande a quien
preguntar..., pero aquí las paredes no tienen puertas, y si
las tienen, no hay nadie adentro. En un umbral dos niños
están fumando.

—Oigan chiquillos...

Acuden pero se quedan a cierta distancia.

—¿Conocen a un tal Maya?

—¿Un tal Maya?

—Oye, quiere saber de un tal Maya...

—Quién sabe, señora...

—¿Cómo, quién sabe?

—¿Cuál Maya?

—Cuál Maya, cuál papaya...

Se están riendo no del chiste sino de mí. Mejor seguir,
aunque estoy cansada. Estos tacos..., por suerte traje mis
martas, que si no me hielo. Ya no estoy para estos trotes.
No ser como la Violeta, que se queda en su casa todo el
día, sentada, tendida, comiendo, las patas en sus zapatillas deshilachadas..., ella no tiene esta angustia mía por
andar, por buscar y es cuatro años mayor que yo nada
más. Aquí todos deben conocer a Maya, con preguntarle
a cualquiera...

Pero no hay nadie. Todas las puertas se han cerrado, todas las ampolletas extinguido, y la Chepa camina a ciegas entre formas irregulares como rocas, que apenas le dejan espacio para pasar. No puede aterrarse. No debe. No pienses en la Violeta tendida en su cama oyendo la comedia en la radio en su pieza caliente de brasas. Sólo los chiquillos que parecen estar siguiéndola. Tres: la chiquilla se ha unido a ellos y los tres la siguen, fumando. Mejor esperarlos.

Le hacen frente parados en un charco que parecen no notar.

—Llévenme donde Maya.

La chiquilla les dice a sus compañeros:

—¿Ven los perritos que tiene?

—Pichito, pichito...

La chiquilla se rió:

—Están muertos.

—¿Cómo sabís?

—Ella misma los mató porque es mala y se los puso como chalina en el cogote..., mírenla...

La Chepa apretó las pieles.

—¿No les digo que quiero saber de Maya?

—¿Cuál Maya, pues?

—Mayita ha de ser, digo yo...

—Qué va a ser Mayita, ha de ser otro.

—Le decimos dónde está Mayita si nos da un perro. No, dos. Tres mejor, uno para cada uno, y como son cuatro usted se queda con el otro..., somos todos iguales aquí. ¿No es cierto, señora?

¿Por qué no le contestan lo que quiere saber? ¿Por qué se están riendo de ella? Los niños de la población que ella visita son distintos, aun los más chicos, los más miserables. Preguntan si son perritos y se quedan contentos con lo que una les explica. Éstos no. Saben que no son perros. Y sin embargo siguen llamando, pichito, píchito, y ella se los sujeta al cuello porque tiene miedo de que huyan donde esos niños que se le han acercado. Uno es tuerto, flaco, tiritón. El otro tiene los ojos azules, o amarillos, claros en todo caso, y brillantes como los ojos de vidrio de sus martas. También tirita. Y a la chiquilla casi no se le ve la cara debajo de las chascas. Los tres andan descalzos. Siente su olor a ropa sucia, a parafina, a pelo apelmazado y ácido. La Chepa apenas oye su voz al preguntarles de nuevo:

—¿No conocen a...?

Como si fueran sordomudos. Cruza la fila de tres chiquillos parados al frente suyo, que se apartan para dejarla pasar y se dan vuelta para mirarla alejarse. Por un boquete se pierde en otro callejón. ¿Adónde va? Gritar Maya... Maya..., comunicarle que está aquí en esta maraña y que quiere que esta vez sea él quien la salve a ella. Los niños la siguen. Pero después ya no la siguen y dobla una esquina, si es que puede llamarse esquina a una línea irregular de casuchas que se apoyan unas en otras y dejan un vano donde todo es confuso. En las casas, la gente come, cocina, bosteza, fuma. En la otra puerta va a preguntar. Y cuando por fin decide que aquí, entonces ya no hay nadie a quien preguntarle nada, nada más que muros derruidos y techos de ramas con piedras encima para que no las arranque el viento. Agacha la cabeza y sale al otro lado. Ahí están los niños esperándola, cinco ahora, y un perro. La chiquilla sabe demasiado, puede no ser una niña sino una mujer vieja o una enana. Quieren algo. Quitarle cosas. Esa sensación que a veces tiene con los pobres de su población: son voraces, quieren devorarla, sacarle pedazos de carne para alimentarse de ellos, y a veces, en sueños, siente que tiene miles de tetas y todos los miles de habitantes de su población, hombres, mujeres, niños, viejas pegados a esas tetas chupándoselas y de pronto ya no se las chupan más sino que se las muerden, primero como quien juega y siente placer y ella pide que muerdan suave

177

siempre pero más, pero después se entusiasman y muerden más y más fuerte y le sacan sangre y llora y le sacan pedazos que devoran golosos y llora más porque no puede soportar el dolor y grita, pero es maravilloso porque ellos se alimentan de su carne y con ella crecen y engordan y sanan y ella quiere dársela aunque la maten de dolor, no, que no la maten, lo único que les pide es que le dejen una minúscula llamita de vida para poder darse cuenta de que ella está alimentándolos..., estos chiquillos mirándome y riéndose de mí porque quieren quitarme las martas, están listos para asaltarme con los quiltros hambrientos que se les han unido. Tengo que decirles algo para atemorizarlos. No son más que niños.

—Váyanse a la casa, chiquillos de porquería. ¿Qué andan haciendo sueltos a esta hora?

La chiquilla lanzó una carcajada áspera, como de vieja. Al fondo del callejón un hombre fuma en el umbral de su choza. Este hombre tiene que saber. Cómo llegar hasta él. No puede porque los chiquillos y los perros la han arrinconado contra la pared. Uno le pregunta a la niña o mujer o enana:

—¿Te gustan?

—Lindos. Tan chiquititos.

—Tienen ojos de brillantes.

—Brillantes amarillitos, parece.

Todos los niños hablan de las martas, teniéndola prisionera contra la pared, aunque están a cierta distancia. El hombre en el umbral fuma..., lo ha visto antes. En otra parte de la población. Varias veces. Como si su largo recorrido no fuera largo, sino en espiral, pasando siempre por las mismas partes, delante de las mismas puertas, siempre delante de este hombre fumando su cigarrillo en el mismo umbral. Él sabe, tengo que gritarle:

—¿Ha visto a Maya?

El hombre desaparece del umbral. Un niño sale corriendo de ahí mismo, como si trajera la respuesta a su pregunta, pero se une al grupo y la Chepa lo pierde de vista entre tantas caras, tantos ojos mirándome desde la oscuridad. ¿Cuál es el niño que me trajo el mensaje diciéndome que Maya está donde la Violeta? Claro, está allá, primero fue a verme a mí y después a ella. La Chepa se escabulle por la fractura entre dos casas porque es el único paso que los chiquillos no le cierran —y la siguen por ese desfiladero hasta llegar a un espacio más abierto. Alguien levanta la cortina de percala de una puerta para verla pasar y la deja caer. ¿Es el mismo hombre? Preguntarle ahora no por Maya sino por dónde se puede salir para ir donde la Violeta, a compartir con ella lo que haya que compartir, como hasta ahora lo hemos compartido todo. Afrontar esta maraña de niños y perros, pasarla, dejarlos atrás, avanzar, pero quizás no avanzar porque las piernas se me doblan y la vista se me borronea de fatiga, diez, quince chiquillos siguiéndome, riéndose porque quiero ir donde la Violeta. Pero a ellos no les interesa nada más que mis martas, por eso me siguen, por eso invitan a otros chiquillos que salen de otras puertas y de los escombros. La chiquilla con voz de hombre que fuma y fuma quiere robarme las martas. Porque cree que son juguetes. No, no cree que son juguetes. Todas estas caras que me rodean saben que no son juguetes, y me las exigen. Murmuran. Están enojados.

—¿Para qué me siguen, por Dios? Si no tengo nada. Les juro. Se lo daría si tuviera. Y si no dejan de molestarme voy a llamar a los carabineros.

—Pichito, pichito...

Alguien contestó:

—Si no estamos haciendo nada.

Otro:

—Cree que la seguimos porque nos gusta.

Y la chiquilla:

—Déjeme atocar los perritos, no sea mala.

La Chepa retrocedió un paso. La chiquilla la sigue:

—¿Ve? Así son las pitucas. Creen que una las va a ensuciar...

—No, si no...

—Déjeme atocarlas entonces.

La Chepa ya no es capaz de impedir que la chiquilla se acerque y acaricie sus martas. Acaricia y luego comienza a tirar una de la cola como si quisiera sacársela, observando la reacción de la Chepa. Ella forcejea y se la quita. La chiquilla les grita a sus compañeros:

—Vengan, atoquen no más, son suavecitas.

Antes que la Chepa retroceda la chiquilla murmura en voz baja:

—¿Y cómo Maya no la ensuciaba?

Y desaparece, tragada por la multitud de chiquillos que avanza para tocar las martas, defendiéndose de esos niños sin cara que no dicen nada, que quieren tocar esos animalitos. Unas narices chorreando, un cogote flaco, y luego, cuando la comienzan a empujar, a tocar, los alientos fétidos, las manos pegajosas de mugre. La Chepa da trastabillones, no ve claro, no veo nada ahora, estoy con los pies en una poza de barro, más allá salgo, pero sus manos tocándome y acariciando las martas, un par de ojos amarillos, siento la dureza de sus cuerpos pequeños que se pelean para alcanzar a tocar, a agarrar, a mí o a las martas, me pisan, me empujan, casi no puedo moverme y todo comienza a dar vuelta. Señor, cómo llamar para que me salven de estos chiquillos que quieren descuartizarme y devorarme. Se quita las martas y las tira por el aire al medio del grupo de chiquillos: rugen al saltar para atrapar las pieles y se lanzan al suelo gritando, mordiéndose, esa masa de cuerpos violentos que la olvidan.

Se levanta apoyándose en un muro. Se quita los zapatos porque se le ha quebrado un taco y sigue camino, casi sin respiración, casi ciega. Hacia allá, hacia donde termina el caserío y la noche se abre y se une con el cielo bajo y amoratado. Los niños la siguen. Tiene los pies heridos. Los chiquillos no tardan en alcanzarla y la rodean sin rabia, sin agresividad. Por allá se sale, por allá ya no hay más casas, si sólo pudiera llegar... a algo, a cualquier cosa con tal de salir de este laberinto negro lleno de ojos que me miran. Cae y uno de los niños la ayuda a pararse.

—¿Pero qué quieren, señor, por Dios?

Alguien se ríe.

—Díganme por qué lado.

Alguien la remeda:

—¿...por qué lado?

Los demás se ríen. Hasta que la Chepa ya no puede más. Le queda apenas una llamita de energía, un titilar de furia: con su cartera azota a diestro y siniestro, incomprensiva, brutal, aterrada, y se abre un círculo de niños para dejarla accionar azotando el aire hasta que cae. Se sienta a llorar.

—Pero ayúdenme, chiquillos de porquería. Delincuentes, rotos delincuentes...

Entonces la chiquilla, con una marta casi deshecha colgada a su cuello, reaparece en primera fila:

—¿No ve?

—¿Qué?

—Que Maya tenía razón...

La Chepa se levanta y le pega a la chiquilla en la cara con su cartera.

—¿Qué sabes tú, demonio?

Y a pesar del cansancio, tropezando y volviendo a caer y luego levantándose con la ayuda de uno de los chiquillos, la Chepa sigue persiguiendo a la chiquilla que ya ni siquiera divisa, demonio, demonio, tú sabes qué está haciendo Maya ahora y no me quieres decir, y no me quieres mostrar por dónde se sale para ir donde la Violeta. Ya no se divisan casas. El suelo está blando, y allá, al otro lado, las siluetas de los gasógenos con luces que se prenden y se apagan: rojas, amarillas, y el cielo chato como una tapa de nubes. Es imposible caminar en este cerro blando y fétido en que sus pies se entierran. El grupo se diluye, distraídos, jugando en el basural a la luz de la luna que las nubes de pronto descubren en su vuelo y luego vuelven a cubrir: encuentran zapatos y se los prueban, otro desentierra una escupidera y orina en ella entre las risas de los demás, y gritan a sus perros. Ella sigue tratando de subir, o de bajar, todo está tan revuelto y sus pies se quedan pegados en la basura podrida y no puede sacarlos y se hunden más y más hasta que no puede, no puede y cae. Quiere mirar las luces rojas de un avión que planea muy bajo, pero no tiene fuerzas ni para levantar la cabeza, y los niños están ocupados de sus juegos. La Chepa se tiende en esa cama blanda y hedionda tratando de respirar. Sus manos tocan cosas resbalosas que se deshacen al apretarlas y no puede respirar. Ni ver. Se alcanza a dar cuenta de que un niño con su perro salta encima de ella como si no fuera más que otra basura. Respirar...

Después, se cerraron sus ojos.

UNA NOCHE DE DOMINGO

En el mirador había una cómoda. Y encima de la cómoda, en el papel de digitales desteñidos por cuadros que nosotros jamás conocimos, había un clavo mal centrado y demasiado bajo. De ese clavo colgaba la reproducción de un funeral clásico en una pineta mediterránea, pintado por Puvis de Chavannes. Nadie centró el clavo para que el cuadro, considerado tan feo que lo relegaron al mirador, colgara con alguna relación a la cómoda.

A nosotros nos encantaba ese cuadro. Todo eso, el cielo dorado y las cabezas floridas, sin duda ocurría en la tierra y en los tiempos mitológicos de los ueks. Cuando la Mariola Roncafort murió asesinada por un vil espía cueco, fue natural que quisiéramos darle ese entierro. Lo tramamos durante varios días. La noche anterior hubo preliminares: visitas de estado, fogatas, erección de un monumento conmemorativo, tregua en la guerra, duelo nacional. Por fin, hasta mi abuela, cargada de flores, nos acompañó en las lamentaciones.

Pero nuestra Mariola Roncafort era poderosa. Tenía amantes científicos, su padre era un Rey-Santo con gran influencia en los círculos celestiales, sus relaciones con los ángeles siempre fueron especialísimas, de modo que su muerte no se nos presentaba tan dolorosa, sino momentánea, ya que con tanta ciencia e influencia nos resultaría fácil resucitarla. Más que nada creo que decidimos resucitarla porque nos dimos cuenta de que resultaría menos entretenida como diosa que como ser humano.

Fue tanta nuestra ansiedad por recuperarla que planeamos su resurrección para el domingo siguiente al de su funeral. Pero no hubo domingo siguiente. Los domingos en casa de mi abuela se suspendieron y la Mariola, como cualquier mujer de carne y hueso, quedó muerta para siempre.

Esa noche de domingo nos quedamos todos a dormir en la casa de mi abuela. Dormimos juntos en el mirador por última

vez y sin saberlo: Luis, Alberto, la Marta, la Magdalena y yo.
Mi padre y mi madre y mi tía Meche y mi tío Lucho también se
quedaron a dormir esa noche, en los dormitorios que ordinaria-
mente ocupaban mis primas en la planta baja.

No regresaba y no regresaba y se hacía tarde. Mi padre y mi
tío Lucho aplazaron una y otra vez el momento de llevarse sus
familias, esperando que mi abuela llegara. Pero no llegaba. A
nosotros nos mandaron al mirador. Pero no cerramos la puerta
y oímos muchas cosas desde la escalera. Hubo agitación y lla-
madas por teléfono. Hasta que avanzada la noche, desde el mirador, vimos llegar a la Asistencia Pública con el ojo colorado
parpadeando. La trajeron en una camilla, dos hombres vestidos
de blanco. Nos dimos cuenta de que sí, que esta vez pasaba algo
realmente grave porque los grandes hablaban en voz tan baja
que apenas lográbamos oír sus conversaciones. Alguien salía y
regresaba con un médico o un paquete de remedios, protegiéndo-
se con un paraguas de la lluvia que continuaba negra y tupida.
Estábamos mudos, inquietos. Cuando nos mandaron a cerrar
la puerta que comunicaba el mirador con el resto de la casa, nos
sentamos en los escalones más bajos detrás de la puerta, para
escuchar. Oímos tan poco que mis primos por último me mandaron a preguntar qué pasaba.

—¿Por qué no están durmiendo estos niños?

—¿Qué pasa, mamá?

—Nada.

—¿Cómo, nada?

—Tu abuelita tuvo un desmayo.

—¿Dónde?

—En la calle.

—¿Y nada más?

—Te digo que nada más. Ya, a acostarse se ha dicho y no sigan molestando que tenemos muchas preocupaciones...

—¿Qué no dice que...?

La voz de mi madre no estaba dura. No se había sentado,
como de costumbre, con mi tía Meche, hablando y tejiendo jun-

tas en un rincón. *Sentada junto a mi padre en el sofá de listas amarillas, reclinaba su cabeza en su hombro. Mi tía Meche fumaba en la bergère de enfrente. Mi tío Lucho estaba adentro, en el dormitorio, encabezando una junta de médicos: salieron, se reunieron con toda la familia en el escritorio y yo me quedé solo en el salón.*

No hubo domingo siguiente.

El lunes, en el colegio, me hice amigo de Fernando y mi vida cambió. Me invitó a pasar el fin de semana siguiente en su casa de campo junto a un río, con botes y perros y arboledas brillantes de limoneros, y cañas de pescar y cajas de pintura que habían sido de su padre cuando estaba vivo, pero que ahora usábamos nosotros. Su madre era joven y muy linda. No me costó nada enamorarme de ella. O jugar a que lo estaba, no sé, porque a esta distancia es difícil darse cuenta del sitio exacto donde cae la línea que separaba lo fantástico de la realidad de entonces. En todo caso, yo ya había leído Mamá Colibrí, *de Bataille: entre los montones de libros descuartizados del mirador descubrí un volumen empastado de la* Illustration Théâtrale, *donde devoré muchas piezas completamente pasadas de moda, como ésa y como* Los ojos más lindos del mundo. *La madre de Fernando fue mi mamá Colibrí: me escuchaba en silencio junto a la chimenea después que Fernando se iba a acostar. O subía conmigo al cerro. O circulaba entre sus almácigos con un ancho sombrero de paja en cuya sombra se reían, de mí y a veces no de mí, sus ojos azules. Mamá Colibrí. Así le decía yo. Como ella no conocía la obra, jamás quise decirle por qué le daba este apodo. Sentimental. Absurdo. Pero entonces era lo nuevo. Otra región mía se puso en movimiento, y para darle lugar era necesario matar otras cosas para dejar lugar a mamá Colibrí y a ese cerro y a esos bosques y a ese río dentro de mi vida. Pero ahora mamá Colibrí y Fernando tampoco existen. Otras cosas han tomado el lugar de lo que en ese momento me parecía eterno. Y después otras. Ahora es un mundo tan sepultado como el de la Mariola Roncafort.*

Al regresar de mis fines de semana donde Fernando llamaba por teléfono a mis primos para contarles las maravillas que había visto y hecho. Se reían de mí porque me interesaban esas cosas. Y yo comencé a reírme de ellos porque no les interesaban. Las cosas ya no eran como antes. ¿Son ellos o soy yo quien se ha quedado aislado en uno de los medallones fabulosos de la alfombra color galleta del mirador?

Mis padres estaban felices con mi nueva amistad y mis nuevas aficiones. El día de mi cumpleaños me regalaron una escopeta para que no tuviera que usar armas prestadas cuando Fernando y yo, a veces Fernando y yo y mamá Colibrí, salíamos en bote, de madrugada, a cazar patos en el río que a unos metros de la casa arrastraba las melenas de los sauces. Mi padre estaba contento, decía, porque estos entretenimientos eran más sanos que mis entretenimientos con mis primos. Me daban permiso para ir donde Fernando cada vez que se lo pedía. Y como Fernando me convidaba casi todos los fines de semana, pasaron varios meses antes que volviera a la casa de mi abuela.

Por lo demás, no convenía que fuera. La pobre Muñeca estaba muy enfermo. Cuando por último fui, la Antonia me contó que la Muñeca lloraba y lloraba, y gritaba que no quería morirse y pedía auxilio porque tenía miedo. Trataron de engañarlo. Pero jamás lo creyó, ni en la etapa final, con el cuerpo lleno de metástasis: siempre supo que su muerte se aproximaba paso a paso, y con su meticulosidad de siempre contaba esos pasos y gemía de terror al contarlos. Hasta que un día, cinco meses después de ese domingo, mi abuelo murió. Todo era negro y brillante en su funeral: la caja que ayudamos a llevar, los zapatos que nos compraron. Varios señores tan entallados y empolvados como la Muñeca nos acompañaron al cementerio. Cuando nos dispersaron después de bajar los restos, esos señores regresaron de a dos en dos, hablando muy bajo, como conspiradores.

Al verla otra vez, me costó reconocer a mi abuela: una ancianita que apenas balbuceaba. A veces nos llevaban a visitarla o nos estimulaban a que lo hiciéramos por nuestra cuenta. Yo entraba muy silencioso a su pieza. La encontraba en cama, con los ojos fijos en el techo, su parpadeo demasiado regular, demasiado mecánico. Por mucho que la llamara o le contara cosas, ella no decía nada. Después comenzó a sonreír un poco, pero muy poco, como si le faltaran fuerza y fe para mover los labios más que eso. Luego comenzaron a levantarla. La sentaban en su silla en la alcoba que era su dormitorio antes que muriera mi abuelo, los pies cubiertos con chales, frente al bow-window que se abría al macizo de hortensias del jardín. Duró mucho tiempo así, silenciosa, sonriente, tristísima —diez años en que se fue poniendo cada vez más triste y más frágil. Yo ya no la visitaba más que muy de tarde en tarde, visitas de diez minutos o un cuarto de hora a lo sumo, aunque mi madre me imploraba que no fuera así con mi abuela, que me acordara cómo había sido conmigo y con mis primos. Cuando llegaba a ir, le sostenía la mano un rato, le contaba algún triunfo que la hacía sonreír, y entonces, a veces, muy de tarde en tarde, me acariciaba la cabeza como si yo todavía fuera un niño. Una vez logró balbucear algo y preguntarme por la Mariola Roncafort. No tuve corazón para decirle que jamás llegamos a resucitarla.

Dicen que cuando la trajeron en camilla ese domingo estaba desfallecida, débil con un shock nervioso, pero no realmente grave: empeoró más tarde esa misma noche, cuando la Mirella avisó por teléfono que Maya había asesinado a la Violeta con una almohada, que la había aturdido a puñetazos, a patadas, y que por fin la había ahorcado con un cordel. No huyó. Esperó a la Mirella. Cuando llegó le mostró lo que había hecho y le rogó que llamara a la policía para que lo volvieran a meter a la Penitenciaría.

Como murió la Violeta, ya no hubo más empanadas ni más almuerzos dominicales. Fue el principio del fin. De cierto fin, por lo menos. Ahora, mi abuelo y mi abuela están muertos. Y mis padres y mis tíos son casi ancianos. Y mis primos... ¿qué será de ellos? ¿Dónde estarán, qué estarán haciendo? Hace mucho que no los veo. Pienso que la Marta está casada desde hace tantos años que sus hijos deben tener la edad que nosotros teníamos esa noche de domingo. ¿Les habrá enseñado qué quieren decir las palabras ueks, cueco? ¿Los habrá iniciado en los misterios de la Mariola Roncafort? De pronto me doy cuenta de que ni siquiera sé si la Marta tiene hijos, y que si los tiene, no sé cómo se llaman ni qué apellido llevan, ni si van a almorzar los domingos a una casa que yo no conozco.

La casa de mi abuela todavía existe.

Cuando por fin murió y la familia comenzó a dispersarse nadie quiso quedarse con la casa. No sólo porque nadie en la familia tenía suficiente dinero, sino porque era incómoda, fea, vieja, de materiales bastante innobles, porque la verdad es que nunca fue una gran casa. Valía sólo por su buen terreno en una esquina que se esperaba tuviera buen futuro. La propiedad se vendió inmediatamente. El dinero, dividido en dos mitades, quedó reducidísimo después de los impuestos: pagó algunas deudas, financió unas vacaciones largas en un buen balneario para la familia de mi tía Meche, y mi madre cambió las cortinas y tapices de todo nuestro departamento. Mi madre y mi tía Meche se lo decían a todo el mundo: la casa se hizo sal y agua.

Han demolido varias casas de esa calle para edificar departamentos. En uno de esos edificios tengo amigos que me suelen invitar a comer, y me toca pasar frente a la casa de mi abuela. Me parece imposible que sea tan pequeña. Y tan ridícula, con sus enmaderaciones normandas y sus vidrios emplomados en las ventanas de la planta baja. El jardín que la rodea por dos calles es mezquino —entonces nos parecía tan hondo y poblado. Durante un tiempo fue colegio: de esos que tienen nombre inglés y que duran pocos años. Después la casa se vendió de nuevo y de nuevo. Ningún propietario la ha tocado, en espera de que el valor del terreno aumente. Ya no sé a quién pertenece. A veces disminuyo un poco la velocidad del auto pero jamás freno ni me bajo. Sigue deshabitada: el jardín enmalezado, las paredes descoloridas. La avidez de la buganvilla tumbó el balcón de madera de nuestro mirador.

Una cadena cierra el portón de rejas de madera verde. Esa cadena siempre cerró mal. Desde antes que comience mi recuerdo la chapa que debía cerrar el portón estaba mala, y más o menos a la altura del pecho habían puesto esta cadena juntando las dos hojas. Las españoletas que fijaban las hojas al suelo siempre estuvieron malas y las bisagras sueltas. Esto da bastante flexibilidad al portón. Apartando las dos hojas por la parte de abajo, se abren, pero permanecen juntas a la altura de la cadena. Cuando no nos están vigilando nosotros abrimos la puerta dejando un espacio como para que pase a gatas un niño muy chico que invita a sus primos a que lo sigan para ir a leer Roberto Matta, Constructor, en una baldosa de la vereda. Después de nuevo empujar el portón por debajo para entrar sin que nadie se haya dado cuenta de que los niños están en la calle, que como todo el mundo sabe es peligrosa porque pasan gitanos que se roban a los niños para venderlos.

Mis amigos que viven en la cuadra siguiente me aseguran que se murmura que esa casa no está vacía. Que en la noche, en invierno, cuando llueve mucho o cuando hay uno de esos cielos transparentes, duros, estrellados, que dejan caer una escarcha brutal, algunos niños vagos saltan la reja, fuerzan la puerta o las ventanas, y duermen en la casa de mi abuela. Si hace mucho frío no salen durante semanas enteras. Dicen que cada día se llena más de chiquillos andrajosos con sus perros pulguientos.

Yo sé que si hay niños en la casa de mi abuela no saltan la reja. Es demasiado alta. Nosotros tratábamos de saltarla y jamás lo logramos ni siquiera haciendo una torre de primos, ni con la ayuda de Segundo, a quien la Magdalena dominaba amenazándolo de acusarlo de las cosas feas que le hacía. Yo sé que si esos niños vagos entran, entran apartando las dos hojas del portón por debajo de la cadena, dejando un boquete por donde pueden pasar un niño y un perro, jamás un hombre grande.

Hay gente que protesta. Por lo menos eso es lo que me cuentan. Temen que la casa se llene de maleantes. ¿Y si hubiera un crimen? Tú, que sabes lo que le pasó a tu abuela con los chiquillos en esa población, me dicen, debías tener miedo. Pero yo ya no tengo nada que ver con la casa. No es asunto mío. No hay vez que visite a mis amigos que no me digan algo al respecto. ¿Y si se produjera un incendio? Alegan que las autoridades deben tomar cartas en el asunto ya que nadie sabe quién es el propietario.

¿Un incendio? ¿Por qué un incendio?

Me contaron que por las rendijas de las ventanas o bailando en los sucios vidrios de las puertas, a veces se divisan luces, reflejos de llamas, fuego en el interior de la casa —fuegos reales, no fuegos fatuos.

No creía nada porque me pareció demasiado fantástico.

Hasta que una noche que estuve dándome vuelta tras vuelta en la cama sin poder dormir, me levanté, tomé el auto y fui a ver. No me detuve. Pasé frente a la casa, muy despacio, una y otra vez. Hasta que sí, a través de los vidrios empañados divisé algo como reflejos de llamas bailando. Claro. Los niños. Ateridos en las estancias que ya no eran comedor, dormitorio, alcoba, mirador, pieza del piano, escritorio, sino espacios abstractos llenos de aire, habían encendido fogatas para calentarse las manos, para hervir un poco de comida o agua para el té, o por el puro gusto de acurrucarse junto a la lumbre mientras afuera se endurecía la escarcha. Sus cuerpos harapientos mezclados en el suelo con los cuerpos de sus perros sarnosos forman un solo animal extraño, como inventado por nuestras fantasías de entonces, con muchas cabezas, variedad de pieles y extremidades. No dudo de que han arrancado zócalos y guardapolvos, postigos y barandas para hacer su fuego. Con razón los vecinos temen un incendio. Igual que con los acacios escorados de la vereda que ya casi no van quedando, se habla mucho de pedir a las autoridades que tomen cartas en el asunto, pero nadie jamás ha dado un paso definitivo para impedir que esa casa, sea de quien sea, se transforme en un asilo de niños vagabundos.

Yo, desde luego, no pienso chistar. Me gusta que esos niños se refugien allí, como si esa casa que era prolongación del cuerpo de *mi abuela viviera aún: la cornucopia derramándose todavía. Cuando entreguen la casa a los demoledores abrirán las puertas y las ventanas. La luz volverá a entrar como antes. Encontrarán la casa despojada de puertas y zócalos y jambas y guardapolvos y parquets, un cascarón que caerá a los primeros golpes de la picota hecho un montón de escombros en el jardín enmalezado.*

Pero me gustaría más que terminara incendiada por esos niños, una animita gigantesca encendida en su memoria.

ÍNDICE

En la redoma   9

Primera parte   25

Los juegos legítimos   85

Segunda parte   101

Una noche de domingo   183

Impreso en el mes de mayo de 1981
en I. G. Seix y Barral Hnos., S.A.,
Carretera de Cornellà, 134-138
Esplugues de Llobregat
(Barcelona)